诺贝尔文学奖获奖作家儿童文学作品·诗歌散文卷

点金石

朱自强 吴广孝 主编

（下）

北方妇女儿童出版社

父　亲

〔德国〕托马斯·曼

　　中亚细亚的夏夜到处尘土飞扬；水渠旁的小道上，自行车车轮不断发出枯燥的沙沙声，渠岸上长满了榆树，在盛夏的骄阳酷晒之后，树梢正沐浴在恬静的晚霞中。

　　我坐在硬邦邦的车架上，紧紧地抓住车把，爸爸还让我任意地按车铃儿，它上面有一个半圆形的镀镍铃盖和一个绷得紧紧的舌簧，一按下去，它还弹你的手指哩。自行车飞快地向前驶去，铃儿叮当直响，这使我觉得自己像大人一样，显得特别威风，尤其是我的父亲在背后踩着脚镫子，皮座垫咯吱吱直响，我感到了他身上的热气和膝盖的动作，——它们还常常碰着我那双穿着凉鞋的脚。

　　我们上哪儿去？是上附近的一家茶馆，这家茶馆就在康沃依街和萨马尔康德街的转角处，在渠岸上的一排老桑树下。傍晚，水渠泛着淡红色的闪光，在泥抹的茅屋之间，凉爽、轻柔地哗哗流过。我们坐在茶馆里的一张小桌旁，桌上铺着粘乎乎的漆布，发出一股甜瓜味儿。父亲要了一瓶啤酒，和快乐的茶馆老板说说笑笑，这个人满脸胡子，很殷勤，爱大声说话，脸晒得又粗又黑。他用抹布擦擦酒瓶，在我们面前摆上两个杯子（尽管我不喜欢喝啤酒），他还像对待大人似地对我使着眼色，末了，给我们端来一碟蘸盐油炸扁桃仁……我还记得那嚼起来又脆又香的酥桃仁的味道、那茶馆后面淡黄色的清澈的天空、晚霞笼罩着的高塔寺、尖尖的白杨树环抱着的平屋顶……

　　父亲是那样年轻、健壮，他穿着一件白衬衣，微笑着，瞧着我，在各方面我们都像是两个平等的男人，干完了一天的活，在这里领略着四

151

周的静谧、傍晚时分清凉的水渠、城市里燃起的万家灯火、冰凉的啤酒和芳香扑鼻的扁桃树带来的欢乐……

还有一个黄昏非常清晰地留在我的记忆中。

他坐在一间小房里，背朝窗户，院子里一片暮色，寂静无声；纱窗帘微微飘动着；他身穿一件保护色上衣，我觉得很不习惯，他的眉毛上面还贴着一块黑膏药，显得很古怪。我现在记不起来了，为什么父亲好像一个久别归来的人那样坐在窗旁，为什么人世间有这样僻静的地方，我觉得，他似乎刚从战场上回来，受了伤，正和母亲在谈论着什么事（他们俩几乎是用旁人听不见的耳语在交谈），——于是，一种别离感和朦胧、甜蜜的危险感，沉寂的院子外面那一片广阔无垠的空间，不久以前父亲的英姿（过去，在某个地方他也曾表现得这样英武），这一切都使我对父亲产生一种特别的柔情和亲切感。当我一想到全家在这间酷似以前那铺着白床单的小卧室的房间里再次团聚时，我感受到家庭的舒适的温暖，因而十分惊喜。

他和母亲谈了些什么——我不得而知。我只知道，当时有关战争的事，我连想都没想到过，可是，那寂静的庭院、夏日的黄昏、父亲贴在太阳穴上的膏药和他身上的军服、母亲沉思的面容，——这一切都在我童稚的心中留下深刻的印象，时至今日我还相信：是的，就在那个傍晚，父亲从战场上回来，受了伤，显得幸福而忧郁。不过，另一件事更令人惊异：多少年过去了，在胜利归来的某个时刻（在一九四五年），我也像父亲一样，坐在我父母亲的卧室里，靠在窗旁，正如童年时代一样，我又敏锐地体验到重逢时的那种感受，仿佛是往事的重演。也许，昔日的感觉正预兆着我会成为一个士兵，我走了父亲命中注定要走的道路，也就是说，我完成了他没能做完的事？在孩提时代，我们都虚荣心十足地夸大自己父辈的本事，想象着他们是盖世无双的勇士，可是，当时他们只不过是个普通的凡人，也必须为日常生活而操心。

至今我还记得那一天，我看见父亲和我过去所见到的完全不同（我那时十二岁），——而这种感觉一直停留在我的心里，真是极大的罪过。

那是春天，白天很长，阳光灿烂，我和中学同学在大门边推撞着玩（在五月天干燥的人行道上做游戏）。我浑身是汗，特别高兴，突然间，在离家不远的地方，看见一个熟悉的、个头不高的身影。胡同里洒满了阳光，在暖和的栅栏外面，白杨树泛出一片嫩绿，春意盎然，而特别显眼的是：他看起来是那样矮小，短上衣是那样难看，裤子又窄又小，怪里怪气地吊在他的脚踝子上面，一双老式的破靴子显得特别大，戴有别针的新领带像是穷人身上多余的装饰品。这难道是我的父亲吗？本来，他的脸总显得那么善良，充满信心和力量，英姿勃勃，而不是这样冷漠疲惫，早先他的脸上从来就没有皱纹，也不显得苍老，更不是像现在这样无精打采、萎靡不振。

这一切都被春天的阳光暴露得如此明显——父亲身上的一切突然显得如此灰暗、平庸和可怜，这使得他和我在我的同学面前感到十分屈辱，他们勉强忍住嘲笑，无礼地、默默地看着这双又大又破、显得很滑稽的靴子和那条特别刺眼的细管儿似的裤子。他们眼看就要取笑他，嘲弄他那怪模怪样的步态、他那微微弯曲的瘦腿，我满脸通红，又羞又恼，几乎要哭出来，马上就要大吼一声去保护他，去为他那副令人不快的滑稽相辩解，去同他们进行激烈的殴斗，用拳头去取得神圣的尊严。

可是，不知我怎么了？为什么我没有去和自己的同学搏斗——是害怕失去他们的友谊呢，还是不愿自己在这种维护尊严的殴斗中显得十分可笑？

那时，我并没有想到自己也将会有这样的时刻，即在某一个我所没有想到的春日，我也会显得如此可怜又可笑，我也会是一个怪模怪样的父亲，而我的孩子们也会羞于去保护我。

（孙坤荣　译）

母 亲

〔德国〕托马斯·曼

　　我很疲倦，傍晚时就躺下休息了，半夜里一阵难耐的愁绪使我醒了过来，我未能立刻弄明白，为什么没拉上帘子的窗户一片漆黑，为什么忘了熄灭的台灯还亮着，在书柜的玻璃上发出反光，我躺在靠近书柜的沙发上，不知为什么，在我的脑海里回响着一支久远的、曾经在什么时候听到过的乐曲："人已去，心忧伤，怜惜他啊，心儿奔向远方，飞到他的身旁……"

　　我坐在沙发上，擦了擦额头，拾起掉在地板上的书，当我在回想这段歌词时，我觉得在这一刻，也有一个人怀着无限的爱，也以那样的欢乐和孤苦无助之情怀念着我，于是，我一跃而起，在房间里来回踱了起来，不知怎么搞的，总想哭，想请求宽恕。好像有一股暖流穿过夜空、越过整个严冬的城市倾注在我的心头，我明白了，这是她，我的老母亲，现在正躺在那里，在那所很不舒适的医院里，孤苦伶仃，病痛折磨得她虚弱无力，在昏迷中她怀着在这个世界上只有母亲才有的无限的爱思念着我。可是，在什么时候、什么地方我曾听到过这首简单而忧伤的歌，为什么歌词又和母亲联系了起来？

　　于是，她又出现在我眼前，那么年轻，那么美丽，长着一头淡褐色的长发；她站在充满灼热的晨光的房间里，窗户敞开着，窗外是一棵榆树，它长在渠岸上，正沐浴在阳光里，一片葱茏，苍翠欲滴，水渠在炎热天散发出淡淡的凉意；母亲光着脚，在粘土的田野上轻盈地来回走着，身穿一件雪白的短上衣，显得那样苗条，她用那年轻、优美的歌喉轻声地唱着："人已去，心忧伤，怜惜他啊，心儿奔向远方，飞到他的身旁……"她在窗边停了下来，微笑着，扬起脸，迎着透过榆树枝叶射来的

中亚的炎热的阳光，我看见她那双在阳光下显得清澈晶莹的眼睛，看见她那似乎在爱恋中喃喃祈祷的双唇，它们向着炎热的黎明、向着太阳、向着这清凉的流水潺潺的河渠倾诉着青春的秘密和惆怅："我告诉你们一个秘密吧：我所爱的人不在这里……"而我，虽然爱母亲爱得想哭、爱得发狂，当时却弄不明白，是谁不在她的身旁？她所怜惜的人是谁？而她心中思念的又是谁？因为在那个时候，我父亲很少外出。他也是那样年轻、那样健壮，而且还很爱母亲，对家庭也很忠实，性格特别愉快、温柔。有时，他把母亲像孩子似地抱在手上，亲吻她那淡褐色的头发，而她哩，却不知为什么，总是无可奈何而又哀怨地将面颊贴在他的胸口上。

有一天，我听见她在屏风后面哭泣，在沙发上缩成一团。我吓坏了，向她奔了过去，叫道："妈妈，别！可别这样！"我惊恐地看见她那湿润的、粘在一起的睫毛，可是，母亲却竭力想对我破涕为笑。尔后，她将我抱住，用她那轻柔的手指抚摩着我的头，她轻声地对我说，有件事使她难过了一阵，可现在，一切都过去了……

可是，她为什么有时那样忧伤？是谁在吸引着她，使她渴念那幸福的远方？在青春时代她经常想念的是谁？她忠实地和父亲度过了一生，我始终不知道她的秘密……

而今她在昏迷中，躺在病床上，处在虚无缥缈的深渊旁，在黑暗的悬崖上，那里一无所有。显然，她在短暂的清醒时刻，怀着伟大的爱想起了我，这种爱使我颤栗，一种使人难以忍受的过失感撕裂着我的心。我皱着眉头在房里走来走去，浑身无力，不断呻吟着，我咬自己的手，想用这种疼痛来压倒内心的痛苦。我不知道怎么帮助她，怎样才能减轻她的痛苦。我像发了狂似的，不断地念叨着这些简单的歌词：

"人离去，心忧伤，怜惜他啊……"

看来，不仅仅是我一个人有这种无法自我解脱的时刻。

（孙坤荣　译）

1932 年诺贝尔文学奖获得者

约翰·高尔斯华绥

(Tohn Galsworthy, 1867—1933)

　　英国小说家、剧作家。生于伦敦，毕业于牛津大学法律系。主要作品有《白猿》、《银匙》、《天鹅之歌》、《福尔赛世家》，以及《斗争》、《鸽子》、《忠诚》等戏剧作品。

　　鉴于他在文学上的杰出成就，特别是"为其描述的卓越艺术——这种艺术在《福尔赛世家》中达到高峰"，获诺贝尔文学奖。

远处的青山

〔英国〕 高尔斯华绥

不仅仅是在这刚刚过去的三月里（但已恍同隔世），在一个充满痛苦的日子——德国发动它最后一次总攻后的那个星期天，我还登上过这座青山吗？在那个阳光和煦的美好天气，南坡上的野茴香浓郁扑鼻，远处的海面一片金黄。我俯身草上，暖着面颊，一边因为那新的恐怖而寻找安慰，这进攻发生在连续四年的战祸之后，益发显得酷烈出奇。

"但愿这一切快些结束吧！"我自言自语道："那时我就又能到这里来，到一切我熟悉的可爱的地方来，而不致这么伤神揪心，不致随着我的表针的每下滴答，就又有一批生灵残遭涂炭。啊，但愿我又能——难道这事便永无完结了吗？"

现在总算有了完结，于是我又一次登上了这座青山，头顶上沐浴着十二月的阳光，远处的海面一片金黄，这时心头不再感到疼挛，身上也不再有毒氛侵袭。和平了！仍然有些难以相信。不过再不用过度紧张地去谛听那永无休止的隆隆炮火，或去观看那倒毙的人们，张裂的伤口与死亡。和平了，真真的和平了！战争继续了这么长久，我们不少人似乎已经忘记了1918年8月战争全面爆发之初的那种盛怒与惊愕之感。但是我却没有，而且永远不会。

在我们一些人中——我以为实际在相当多的人中，只不过他们表达不出罢了——这场战争主要会给他们留下了这种感觉："但愿我能找到这样一个国家，那里人们所关心的不再是我们一向所关心的那些，而是美，是自然，是彼此仁爱相待。但愿我能找到那座远

157

处的青山！"① 关于忒俄克里托斯②的诗篇，关于圣弗兰西斯③的高风，在当今的各个国家里，正如东风里草上的露珠那样，早已渺不可见。即或过去我们的想法不同，现在我们的幻想也已破灭。不过和平终归已经到来，那些新近被屠杀掉的人们的幽魂总不致再随着我们的呼吸而充塞在我们的胸臆。

和平之感在我们思想上正一天天变得愈益真实和愈益与幸福相连。此刻我已能在这座青山之上为自己还能活在这样一个美好的世界而赞美造物。我能在这温暖阳光的覆盖之下安然睡去，而不会醒后又是过去的那种惝惝欲绝。我甚至能心情欢快地去做梦。不致醒后好梦打破。而且即使做了恶梦，睁开眼睛后也就一切消失，我可以抬头仰望那碧蓝的晴空而不会突然瞥见那里拖曳着一长串狰狞可怖的幻象，或者人对人所干出的种种伤天害理的惨景。我终于能够一动不动地凝注着晴空，那么澄澈而蔚蓝，而不会时刻受着悲愁的拘牵，或者俯视那光潋的远海，而不致担心波面上再会浮起屠杀的血污。

天空中各种禽鸟的飞翔，海鸥、白嘴鸭以及那往来徘徊于白垩坑边的棕色小东西对我都是欣慰，它们是那样自由自在，不受拘束。一只画眉正鸣啭在黑莓丛中；那里叶间还晨露未干。轻如羽翼的新月依然隐浮在天际；远方不时传来熟悉的声籁；而阳光正暖着我的脸颊。这一切都是多么愉快。这里见不到凶猛可怕的苍鹰飞扑而下，把那快乐的小鸟攫去。这里不再有歉疚不安的良心把我从这逸乐之中唤走。到处都是无限欢欣，完美无瑕。这时张目四望，不管你看看眼前的蜗牛甲壳，雕镂刻画得那般精致，恍如童话里小精灵头上的细角，而且角端作蔷薇色；还是俯瞰从此处至海上的一带平芜，它浮游于午后阳光的微笑之下，几乎活了起来，这里没有树篱，一片空旷，但有许多炯炯有神的树木，还有那银白的海鸥，翱翔在色如蘑菇的耕地或青葱翠绿的田野之间；不管你凝视的是这株小小的粉红雏菊，而且慨叹它的生不适时，还是注目那棕红灰褐的

① 出自古希腊诗人忒俄克里托斯之作。
② 古希腊诗人（前310？—前245？）。
③ 意大利高僧。

158

满谷林木，上面乳白色的流云低低悬垂，暗影浮动——一切都是那么美好，这是只有大自然一个风和日丽的天气，而且那观赏大自然的人的心情也分外悠闲的时候，才能见得到的。

在这座青山之上，我对战争与和平的区别也认识得比往常更加透彻。在我们的一般活动当中，一切几乎没有发生多大改变——我们并没有领得更多的奶油或更多的汽油，战争的外衣与装备还笼罩着我们，报刊杂志上还充溢着敌意仇恨；但是在精神情绪上我们确已感到了巨大差别，那久病之后逐渐死去还是逐渐恢复的巨大差别。

据说，此次战争爆发之初，曾有一位艺术家闭门不出，把自己关在家中和花园里面，不订报纸，不会宾客，耳不闻杀伐之声，目不睹战争之形，每日惟以作画赏花自娱——只不知他这样继续了多久。难道他这样做法便是聪明，还是他所感受到的痛苦比那些不知躲避的人更加厉害？难道一个人连自己头顶上的苍穹也能躲得开吗？连自己同类的普遍灾难也能无动于衷吗？

整个世界的逐渐恢复——生命这株伟大花朵的慢慢重放——在人的感觉与印象上的确是再美不过的事了。我把手掌狠狠地压在草叶上面，然后把手拿开，再看那草叶慢慢直了过去，脱去它的损伤。我们自己的情形也正是如此，而且永远如此。战争的创伤已深深侵入我们的身心，正如严霜侵入土地那样。在为了杀人流血这桩事情而在战斗、护理、宣传、文字、工事，以及计数不清的各个方面而竭尽努力的人们当中，很少人是出于对战争的真正热忱才去做的。但是，说来奇怪，这四年来写得最优美的一篇诗歌，亦即朱利安·克伦菲尔①的《投入战斗！》竟是纵情讴歌战争之作！但是如果我们能把自那第一声战斗号角之后一切男女对战争所发出的深切诅咒全都聚集起来，那些哀歌之多恐怕连笼罩地面的高空也盛装不下。

然而那美与仁爱所在的"青山"离开我们还很遥远。什么时候它会更近一些？人们甚至在我所偃卧的这座青山也打过仗。根据在这里白

①　英国第一次欧战期间著名诗人，与查理·索莱、罗伯特·尼古拉斯、吉尔伯特·弗兰考等人同为一时之隽，他们起初多是吉卜林的模仿者，对欧战颇多讴歌之作，继而又对之充满绝望，在战争这个问题上表现了十足的矛盾心理与糊涂认识。

垩与草地上的工事的痕迹，这里还曾宿过士兵。白昼与夜晚的美好，云雀的欢歌，香花与芳草，健美的欢畅，空气的澄鲜，星辰的庄严，阳光的和煦，还有那轻歌与曼舞，淳朴的友情，这一切都是人们渴求不餍的。但是我们却偏偏要去追逐那浊流一般的命运。所以战争能永远终止吗？……

这是四年零四个月以来我再没有领略过的快乐，现在我躺在草上，听任思想自由飞翔，那安详如海面上轻轻袭来的和风，那幸福如这座青山上的曙光。

（高健　译）

观　舞

〔英国〕高尔斯华绥

　　某日下午我被友人邀至一家剧院观舞。幕启后，台上除周围高垂的灰色幕布外，空荡不见一物。不久，从幕布厚重的皱褶处，孩子们一个个或一双双联翩而入，最后台上总共出现了十多个人。全都是女孩子；其中最大的看来也超不过十三四岁，最小的一两个则仅有七八岁。她们穿得都很单薄，腿脚胳臂完全袒露。她们的头发也散而未束；面孔端庄之中却又堆着笑容，竟是那么和蔼而可亲，看后恍有被携去苹果仙园之感，仿佛己身已不复存在，惟有精魂浮游于那缥缈的晴空。这些孩子当中，有的白皙而丰满，有的棕褐而窈窕；但却个个欢欣愉快，天真烂漫，没有丝毫矫揉造作之感，尽管她们显然全都受过极高超和认真的训练。每个跳步，每个转动，仿佛都是出之于对生命的喜悦而就在此时此地即兴编成的——舞蹈对于她们真是毫不费难，不论是演出还是排练。这里见不到蹑足欠步、装模作样的姿态，见不到徒耗体力、漫无目标的动作；眼前惟有节奏、音乐、光明、舒畅和（特别是）欢乐。笑与爱曾经帮助形成她们的舞姿；笑与爱此刻又正从她们的一张张笑脸中，从她们肢体的雪白而灵动的旋转中息息透出，光彩照人。

　　尽管她们无一不觉可爱，其中却有两人尤其引我注目。其一为她们中间个子最高，肤褐腰细的那个女孩，她的每种表情每个动作都可见出一种庄重然而火辣的热情。

　　舞蹈节目中有一出由她扮演一个美童的追求者，这个美童的每个动作，顺便说一句，也都异常妩媚；而这场追逐——宛如点水蜻蜓之戏舞于睡莲之旁，或如暮春夜晚之向明月吐诉衷曲——表达了一缕摄入心魂的细细幽情。这个肤色棕褐的女猎手，情如火燎，实在是世间一切渴求的最奇妙不过的象征，深深地感动着人们的心。当我们从她身上看到她在追求她那情人时所流露的一腔迷惘激情，那种将得又止的夷犹神态，我们仿佛隐然窥见了那追逐奔流于整个世界并永远如斯的伟大神秘力量——如悲剧之从不衰歇，虽永劫而长葆芳馨。

另一个使我最迷恋不置的是身材上倒数第二、发色浅棕、头著白花半月冠的俊美女神，短裙之上，绛英瓣瓣，衣衫动处，飘飘欲仙。她的妙舞已远远脱出儿童的境界。她那娇小的秀颜与腰肢之间处处都燃烧着律动的圣洁火焰；在她的一小段"独舞"中，她简直成了节奏的化身。快睹之下，恍若一团喜气骤从天降，并且登时凝聚在那里；而满台喜悦之声则洋洋乎盈耳。这时从台下也真的响起了一片窸窣与啧啧之声，继而欢声雷动。

我看了看我那友人，他正在用指尖悄悄地从眼边拭泪。至于我自己，则矖罳之上几乎一片溟濛，世间万物都顿觉可爱；仿佛经此飞仙用圣火一点，一切都已变得金光灿灿。

或许惟有上帝知道她从哪里得来的这股力量，能够把喜悦带给我们这些枯竭的心田；惟有上帝知道她能把这力量保持多久！但是这个蹁跹的小爱神的身上却蕴蓄着那种为浓艳色调、幽美乐曲、天风丽日以及某些伟大艺术珍品等等所同具的力量——足以把心灵从它的一切窒碍之中解脱出来，使之泛满喜悦。

（高健　译）

1933 年诺贝尔文学奖获得者

伊凡·蒲宁
（Иван Алексеевич Бунин，1870—1953）

俄国诗人、作家，生于俄国波罗涅日市。由于家境贫寒，中学未毕业就步入社会，做过图书馆员、助理编辑等。十月革命后，他离开俄国，侨居法国。

主要作品有诗集《落叶》，以及大量散文、中篇和短篇小说。"由于他严谨的艺术才能，使俄罗斯古典传统在散文中得到继承"，获诺贝尔文学奖。

敞开你的怀抱①

〔俄国〕蒲宁

敞开你的怀抱，
你的心胸，
去拥抱那青春的感受——
时光的匆匆过客吧！
大自然呵！
你也伸开双臂吧！
让我和你的美
融合在一起！

你，深邃的高空
多么碧蓝，无边无际，
你，翠绿的原野
多么辽阔，平畴千里！
只有你才是我的心灵之所寄！

（赵洵 译）

---

① 这是作者的第一首诗，当时只有 16 岁。作于 1886 年。

初　雪

〔俄国〕蒲宁

田野和森林，
散发着冬日的寒气。
暮色中，
天际一片殷红。

暴风雪刮了一夜，
黎明时分，
村庄、池塘、空旷的花园，
覆盖上一层初雪。
今天早晨，
在那仿佛铺上了
洁白桌布的广袤田野，
我们和一群迟行的大雁
挥手告别。

（赵洵　译）

池水中的星光

〔俄国〕蒲宁

荒芜的花园，
低垂的杞柳，
一泓池水，
涟漪漫漫，
水中的星星正摇曳不定，
光辉迷离，闪闪烁烁，
一直燃到天明。
呵，现在我在天空中，
永远再找不到你！

村庄，我曾度过多少时光，
老屋，我曾涂下了最初的诗行。
那是我期待过
幸福、欢乐的地方，
如今再也不能回到它身旁
永远，永远……

（赵洵　译）

黄昏将临

〔俄国〕蒲宁

黄昏将临，
天空一片湛蓝，
太阳正没入地平线，
四周一马平川，
极目看——
都是抽穗扬花的麦田！
荞麦洁白的花朵怒放，
空气里散发出蜂蜜的香甜……
村里晚祷的钟声，
　　轻轻飘到耳边……
远方的绿荫深处
布谷鸟在慢声啼啭……
那些在田里劳作一天
　　露天夜宿的人们
　　多么幸福、怡然……

黄昏将尽，
太阳已没入地平线，
天边余晖照得殷红一片……
和风给夜宿人送来晚霞，
待夜幕降临，

167

天上洒下清光淡淡，

星星温柔地眨着眼睛，

  为他们祝福，

  轻道晚安！

工作在田间的人

已经十分劳倦，

在阔野的星空下

  沉入睡乡，

呵！他们的梦境多么宁静、香甜！

（赵洵　译）

春 之 曲

〔俄国〕蒲宁

冰雪消融，
中午时分，
田野上一轮
耀眼的骄阳，
浴着阳光的
树林里、大地上，
湿润的风在荡漾。
然而，
田野还是一片空旷，
树林也沉默着
没有声响；
只有松涛
哼着单调的小曲，
像竖琴弹奏一样。
在松林苍翠神秘的深处，
春天公主
在悠曲的伴唱下，
安卧在雪白的圣榻，
做着甜蜜的梦儿。
她沉睡着，

此刻，

阳光就要射进幽谷，

把皑皑白雪消融。

那时节，

潺潺春水将汇成溪流

泻进山谷、沟壑。

林中百鸟归来，

寒鸦在枝头欢叫

鸟雀声喧

啼得姹紫嫣红、

碧草如茵——

森林和树丛苏醒了。

呵！四月王子也将

从海外的远方归来。

看，朝霞似锦，

沟谷中蓝色的霭雾

已经消散，

一轮红日升起，

赐予林木一片新绿

和松枝的芳郁，

也把春日的温暖

四月的繁花

赐予天地。

王子满面春风

俯下身去

用那炽热的双唇

深深地吻着安眠的美人。

呵！她恐怖地全身颤栗，

睁开那明亮的眸子

向左右环顾——

一脸笑容
雪腮绯红，
她举目一盼，
这一顾一盼
给热恋着的大地
注满了生命的光辉、活力。

（赵洵　译）

在远离故土的异乡

〔俄国〕蒲宁

在远离故土的异乡，
我梦见伏尔加河畔，
一个宁静的村庄；
我梦见路旁那一株白杨，
新耕过的土地
越冬的麦田，
那四月的风光。

清晨的天空
温柔、碧蓝，
悠然飘过的白云
像微波轻荡。
一只寒鸦在傲然地漫步
大摇大摆地尾随着农人的犁杖……
新耕的土地上
升起春日的景象，
云雀在晴空翱翔，
向大地送来
几曲清脆的歌唱。

在远离故土的异乡，

我梦见一位待嫁的姑娘。
她多像这明媚的春光——
一双碧蓝的眸子，
清瘦秀丽的面庞，
垂垂的辫发金黄，
婷婷玉立的身躯，
她迎着温暖光辉的朝阳，
在家乡的田野上，
心儿多么欢畅！
她爱这草原的宁静——
爱这亲切的故乡，
她爱农人和谐的劳动——
爱那并不丰饶的北方。
她向大地致意！
呵！她春风满面，
凝神远望——
因为这是她豆蔻年华
幸福憧憬的
第一个春日时光！

（赵洵　译）

阳光灿烂的五月时节

〔俄国〕蒲宁

阳光灿烂的五月时节，
万树春红初谢，
小径铺上了一层落花，
素洁得像积雪。
林荫路上洒满了阳光，
春风吹拂，
如画的树影斑驳，摇曳。

我从这宁静的小村，
向青春年少的诗人
遥寄我的问候：
愿生活以慈祥的祝福
迎接他们；
愿春天的光辉
照耀他们的前程似锦；
愿他们的理想
盛开洁白的鲜花永存。

（赵洵　译）

晨

〔俄国〕蒲宁

蓝天映着重峦，
清晨像一个少年，
健步走下了山。
俯视下方——
那里是海潮的边缘
再向前看——
是欢腾的万顷海面。

万峰从高处遥望东天，
在那柔和淡雅的碧海之滨，
一层层像是镶着花边的
雪白的链条，
在大海中融化消散。
这时候——
从那朦胧、神秘
群山巍峨的远方
一轮旭日冉冉升起，
光辉灿烂——
仿佛群峰满面春风，
微笑着
向它的兄弟祝愿早安！

（赵洵　译）

175

鸽　子

〔俄国〕蒲宁

阳台的门窗开着，
寒霜打过的花坛，
早已枯萎凋谢。
卸了盛装的花园，
也几经狂风骤雨的洗劫。

园子上空，
像月长石一般
苍白、冷峻。
秋风吹来沉重的黑云，
如团团烟雾，
不停地翻滚。
暴雨趁着风势
一阵阵向花园急倾……
忽而，
阳光灿烂，
雨过天晴。
呵！这短暂的阳光，
给我的心
带来了无限的欢畅！
我贪婪地呼吸着

那湿润空气的芬芳。
我光着头，
走进林荫幽径。
呵！小径的上空
那湛蓝的苍穹
播下了光辉万种，
增添了喜悦无穷。

突然，一只白斗鸽
洁白如雪、
飞快似箭，
落在阳台前面。
随着又飞来一只——
它的同伴。
这一双鸽子，
在一汪映着青天的积水前，
久久地饮着、饮着，
不时地
抬起那可爱的、
小小的脑袋……

我屏住呼吸，
深怕惊动了它们；
一种战兢兢的喜悦
抓住了我的心，
脑际浮起万千思绪。
我想：
它们不是在饮一汪雨水，
而是吮进了
清澈、碧蓝的天宇。

（赵洵　译）

夏 夜

〔俄国〕蒲宁

"给我一颗星星"
孩子缠着妈妈，
他已经睡眼朦胧；
"好妈妈，给我一颗星星……"
她坐在阳台
那通向花园的台阶上，
孩子正偎在她的怀中。
这花园
这草原上荒凉沉寂的花园，
在夏夜的昏暗里，
显得更加灰黯，
看上去，
仿佛与伸向谷地的
土坡融成一片。
此刻，
在东方的天际，
一颗孤独的星
红光璀璨。

"妈妈，给我……"
她面带温存的微笑，

望着儿子消瘦的小脸，
"你要什么？亲爱的！"
"我要那颗星星……"
"要它有什么用？"
"玩一玩……"

花园里，
树叶在窃窃私语；
草原上，
土拨鼠嘶啸着，
呼唤着同群。
孩子在母亲的怀中
已进入梦境。
她发出一声
轻微而幸福的叹息，
抬起忧伤的眼睛，
凝望着那颗遥远的
宁静的星星……

人类的心灵呵，
你多么美好！
那无际的苍穹，
宁静的夜空，
星光的闪烁，
有时，
多么像你这颗心灵——
美好、晶莹。

（赵洵　译）

青 春

〔俄国〕蒲宁

干爽的树林里，

牧人的响鞭嗖嗖，

林丛间牛群哞哞，

怒放的蓝色的融雪花

迎来了春的气息，

脚下是沙沙作响的

去冬 树的枯叶。

雨云浮游在天际，

灰漫漫的田野里，

清新的微风

还有丝丝寒气。

我的心暗暗欣喜——

喜悦中又带着忧思几许。

因为目光所及，

生命正如这片草原

空旷、寂寥，

纵然雄伟无际。

(赵洵 译)

铃 兰

〔俄国〕蒲宁

记得——
那光秃秃的树丛里
弥漫着寒气……
你已在枯枝残叶间
奇葩吐艳……
我也正少小年华
刚写出我的处女诗篇。
我的少年纯洁的心灵呵，
从此，从此，
永远和你那柔润、清甜，
微微醉人的芳香，
结下了不解之缘！

（赵洵 译）

一株老苹果树

〔俄国〕蒲宁

你披着洁白的盛装，
一头鬓益的华发，
弥散着醉人的芬芳。
那些满怀嫉妒、恶意的
蜜蜂和黄蜂，
在你的王国怡然自得
不停地嗡嗡……

你老了吗？
我亲爱的朋友！
这无关紧要。
难道谁还能有
你如此充满朝气的晚景？！

（赵洵　译）

致 祖 国

〔俄国〕蒲宁

啊，祖国啊，祖国，
你遭尽他们的挖苦摧残。
他们嫌你朴实无华，
嫌你的茅屋丑陋昏暗……

在儿子的城市朋友当中，
她感到疲惫、悲戚、怯然。
儿子心安理得，厚颜无耻
还为母亲感到羞惭。

他带着怜悯的冷笑望着她，
而她为了和儿子见一面，
不远迢迢万里跋涉——
还为他省下最后一文钱。

（乌兰汗　译）

北方的白桦树

〔俄国〕蒲宁

白桦树穿着华丽的绿色衣衫——
靠近森林的水湾，站在湖畔……
"啊，姑娘们！春季多么冷哟：
我顶风冒雪浑身打颤！"

一阵雨，一阵雹，一阵飞雪如绒毛，
太阳出来，光芒四射，万里蓝天，瀑布滔滔……
"啊，姑娘们！森林和草原多么欢腾哟！
春天的装束多么喜庆美好！"

天色又阴沉，又阴沉了，
大雪纷飞，树林森严呼啸……
"我全身战栗。千万别践踏绿草！
要知道，太阳还会照耀。"

（乌兰汗　译）

静

〔俄国〕 蒲宁

我们是在夜里到达日内瓦的，正下着雨。拂晓前，雨停了。雨后初霁，空气变得分外清新。我们推开阳台门，秋晨的凉意扑面而来，使人陶然欲醉。由湖上升起的乳白色的雾霭，弥漫在大街小巷上。旭日虽然还是朦朦胧胧的，却已经朝气勃勃地在雾中放着光。湿润的晨飔轻轻地拂弄着盘绕在阳台柱子上的野葡萄血红的叶子。我们盥漱过后，匆匆穿好衣服，走出了旅社，由于昨晚沉沉地睡了一觉，精神抖擞，准备去作尽情的畅游，而且怀着一种年轻人的预感，认为今天必有什么美好的事在等待着我们。

"上帝又赐予了我们一个美丽的早晨，"我的旅伴对我说，"你发现没有，我们每到一地，第二天总是风和日丽？千万别抽烟，只吃牛奶和蔬菜。以空气为生，随日出而起，这会使我们神清气爽！不消多久，不但医生，连诗人都会这么说的……别抽烟，千万别抽，我们就可体验到那种久已生疏了的感觉，感觉到洁净，感觉到青春的活力。"

可是日内瓦湖在哪里？有片刻工夫，我们茫然地站停下来。远处的一切，都被轻纱一般亮晃晃的雾覆盖着。只有街口那边的马路已沐浴在霞光下，好似黄金铸成的。于是我们快步朝着被我们误认为是浮光耀金的马路走去。

初阳已透过雾霭，照暖了阒无一人的堤岸，眼前的一切无不光莹四射。然而山谷、日内瓦湖和远处的萨瓦山脉依然在吐出料峭的寒气。我们走到湖堤上，不由得惊喜交集地站住了脚，每当人们突然看到无涯无际的海洋、湖泊，或者从高山之巅俯视山谷时，都会情不自禁地产生这种又惊又喜的感觉。萨瓦山消融在亮晃晃的晨岚之中，在阳光下难以辨清，只有定睛望去，方能看到山脊好似一条细细的金线，迤逦于半空之中，这时你才会感觉到那边绵亘着重峦叠嶂。近处，在宽广的山谷内，在凉飕飕的、润湿而又清新的雾气中，横着蔚蓝、清澈、深邃的日内瓦湖。湖还在沉睡，簇拥在市口的斜帆小艇也还在沉睡。它们就像张开了灰色羽翼的巨鸟，但是在清晨的寂静中还无力拍翅高飞。两三只海鸥紧贴着湖水悠闲地翱翔着，冷不丁其中的一只，忽地从我们身旁掠过，朝街上飞去。我们立即转过身去望着它，只见它猛地又转过身子飞了回来，想必是被它所不习惯的街景吓坏了……朝暾初上之际有海鸥飞进城来，住在这个城市里的居民该有多幸福呀！

我们急欲进入群山的怀抱，泛舟湖上，航向远处的什么地方……然而雾还没有散，我们只得信步往市区走去，在酒店里买了酒和干酪，欣赏着纤尘不染的亲切的街道和静悄悄的金黄色的花园中美丽如画的杨树和法国梧桐。在花园上方，天空已被轮廓清晰，晶莹得好似绿松石一般。

"你知道吗，"我的旅伴对我说，"我每到一地总是不敢相信我真的到了这个地方，因为这些地方，我过去只能看着地图，幻想前去一游，并且时时提醒自己，这只不过是幻想而已。意大利就在这些崇山峻岭的后边，离我们非常之近，你感觉到了吗？在这奇妙的秋天，你感觉到南国的存在吗？瞧，那边是萨瓦省①，就是我们童年时代阅读过的催人落泪的故事中所描写的牵着猴子的萨瓦孩子们的故乡！"

码头旁，游艇和船夫都在阳光下打着瞌睡。在蓝盈盈的清澈的湖水中，可以看到湖底的砂砾、木桩和船骸。这完全像是个夏日的早晨，只有主宰着透明的空气的那种静谧，告诉人们现在已是晚秋。雾已经消散得无影无踪，顺着山谷，极目朝湖面望去，可以看得异乎寻常的远。我们迫不及待地脱掉上衣，卷起袖子，拿起了桨。码头落在船后了，离我们越来越远。离我们越来越远的还有在阳光下光华熠熠的市区、湖滨和公园……前面波光粼粼，耀得我们眼睛都花了，船侧的湖水越来越深，

———

① 法国省名，毗邻瑞士。

越来越沉，也越来越透明。把桨插入水中，感觉水的弹性，望着从桨下飞溅出来的水珠，真是一大乐事。我回过头去，看到了我旅伴那升起红晕的脸庞，看到了无拘无束地、宁静地荡漾在坡度缓坦的群山中间浩瀚的碧波，看到了漫山遍野正在转黄的树林和葡萄园，以及掩映其间的一幢幢别墅。有一刻间，我们停住了桨，周围顿时静了下来，静得那么深邃。我们闭上眼睛，久久地谛听着，什么声音也没有，只有船划破水面时，湖水流过船侧发出的一成不变的汩汩声。甚至单凭这汩汩的水声也可猜出湖水多么洁净，多么清澈。

"划吗？"我问。

"慢着，你听！"

我把桨提出水面，连汩汩的水声也渐渐消失。从桨上滴下一颗水珠，然后又是一颗……太阳照得我们的脸越来越热……就在这时，一阵悠扬的钟声，从很远很远地方飘至我们耳际，这是深山中某处的一口孤钟。它离我们那么远，有时我们只能隐隐约约听到它的声音。

"你还记得科隆①大教堂的钟声吗？"我的旅伴压低声音问我。"那天我比你醒得早，天还刚刚拂晓，我便站在洞开的窗旁，久久地谛听着独自在古老的城市上空回荡的清脆的钟声。你还记得科隆大教堂的管风琴和那种中世纪的壮丽吗？还有莱茵省②，那些古老的城市，古老的图画，还有巴黎……然而那一切都无法和这里相比，这里更美……"

由深山中隐隐传至我们耳际的钟声温柔而又纯净，闭目坐在船上，侧耳倾听着这钟声，享受着太阳照在我们脸上的暖意和从水上升起的轻柔的凉意，是何等的甜蜜，舒适。有一艘闪闪发亮的白轮船在离我们约莫两俄里远的地方驶过，明轮拍击着湖水，发出疏远、暗哑、生气的嘟囔声，在湖面上激起一道道平展的、像玻璃一般透明的涌，缓缓地朝我们奔来，终于柔情脉脉地晃动了我们的小船。

"瞧，我们已置身在崇山的怀抱之中，"当轮船渐渐变小，终于隐没在远处以后，我的旅伴对我说，"生活已留在那边，留在这些崇山峻

---

① 德国城市名。

② 法国省名。

岭之外了，我们已进入寂静的幸福之邦。这寂静之邦何以名之，我们的语言中找不到恰当的字眼。"

他一边慢慢地划着桨，一边讲着、听着。日内瓦湖越来越辽阔地包围着我们。钟声忽近忽远，似有若无。

"在深山中的什么地方有一座小小的钟楼，"我想道，"独自在用它回肠荡气的钟声赞颂着礼拜天早晨的安谧和寂静，召唤人们踏着俯瞰蓝色的日内瓦湖的山道，到它那儿去……"

极目四望，山上大大小小的树林都抹上了绚丽丽又柔和的秋色，一幢幢环翠挹秀的美丽的别墅正在清静地度过这阳光明媚的秋日……我舀了一杯水，把茶杯洗净，然后把水泼往空中。水往天上飞去，迸溅出一道道光芒。

"你记得《曼弗雷德》① 吗?"我的同伴说，"曼弗雷德站在伯尔尼兹阿尔卑斯山脉②中的瀑布前。时值正午。他念着咒语，用双手捧起一掬清水，泼向半空。于是在瀑布的彩虹中立刻出现了童贞圣母山……写得多美呀! 此刻我就在想，人也可以崇拜水，建立拜水教，就像建立拜火教一样……自然界的神力真是不可思议! 人活在世上，呼吸着空气，看到天空、水、太阳，这是多么巨大的幸福! 可我们仍然感到不幸福! 为什么? 是因为我们的生命短暂，因为我们孤独，因为我们的生活谬误百出? 就拿这日内瓦湖来说吧，当年雪莱来过这儿，拜伦来过这儿……后来，莫泊桑也来过。他孑然一身，可他的心却渴望整个世界都幸福。当年所有的理想主义者，所有的恋人，所有的年轻人，所有来这里寻求幸福的人都已弃世而去，永远消逝了。我和你有朝一日，同样也将弃世而去……你想喝点儿酒吗?"

我把玻璃杯递过去，他给我斟满酒，然后带着一抹忧郁的微笑，加补说:

"我觉得，有朝一日我将融入这片亘古长存的寂静中，我们都站在它的门口，我们的幸福就在那扇门里边。你是否记得易卜生的那句话:

---

① 《曼弗雷德》是英国诗人拜伦的诗剧，发表于 1817 年。1903 年，蒲宁将其译成俄文。
② 位于瑞士南部，是阿尔卑斯山脉的一部分。

‘玛亚，你听见这寂静吗？’① 我也要问你：你有没有听见这群山的寂静呢？"

我们久久地遥望着重重叠叠的山峦和笼罩着山峦的洁净、柔和的碧空，空中充溢着秋季的无望的忧悒。我们想象着我们远远地进入了深山的腹地，人类的足迹还从未踏到过那里……太阳照射着四周都被山岭锁住的深谷，有只兀鹰翱翔在山岭与蓝天之间的广阔的空中……山里只有我们两人，我们越来越远地向深山中走去，就像那些为了寻找火绒草而死于深山老林中的人一样……

我们不慌不忙地划着桨，谛听着正在消失的钟声，谈论着我们去萨瓦省的旅行，商量我们在哪些地方可以逗留多少时间，可我们的心却不由自主地离开话题，时时刻刻在向往着幸福。我们以前所从未见到过的自然景色的美，以及艺术的美和宗教的美，不论是哪里的，都激起我们朝气蓬勃的渴求，渴求我们的生活也能升华到这种美的高度，用出自内心的欢乐来充实这种美，并同人们一起分享我们的欢乐。我们在旅途中，无论到哪里，凡是我们所注视的女性无不渴求着爱情，那是一种高尚的、罗曼蒂克的、极其敏感的爱情，而这种爱情几乎使那些在我们眼前一晃而过的完美的女性形象神化了……然而这种幸福会不会是空中楼阁呢？否则为什么随着我们一步步去追求它，它却一步步地往郁郁苍苍的树林和山岭中退去，离我们越来越远？

那位和我在旅途中一起体验了那么多欢乐和痛苦的旅伴②，是我一生中所爱的有限几个人中的一个，我的这篇短文就是奉献给他的。同时我还借这篇短文向我们俩所有志同道合的萍飘天涯的朋友致敬。

（戴骢　译）

---

① 语出挪威剧作家易卜生所著《当我们这些死者苏醒的时候》一剧的第一幕。

② 系指俄国画家和古物鉴赏家弗·巴·库罗夫斯基（1869—1915）。

山 口

〔俄国〕蒲宁

夜幕已垂下很久，可我仍举步维艰地在崇岭中朝山口走去，朔风扑面而来，四周寒雾弥漫，我对于能否走至山口已失却信心，可我牵在身后的那匹浑身湿淋淋的、疲惫的马，却驯顺地跟随着我亦步亦趋，空荡荡的马蹬叮叮当当地碰响着。

在迷朦的夜色中，我走到了松林脚下，过了松林便是这条通往山巅的光秃秃的荒凉的山路了。我在松林外歇息了一会儿，眺望着山下宽阔的谷地，心中漾起一阵奇异的自豪感和力量感，这样的感觉，人们在居高临下时往往都会有的。我遥遥望见山下很远的地方，那渐渐昏暗下去的谷地紧傍着狭窄的海湾，岸边点点灯火仍依稀可辨。那条海湾越往东去就越开阔，最终形成一堵烟霞空濛的暗蓝色障壁，围住了半壁天空。但在深山中已是黑夜了。夜色迅速地浓重起来，我向前走去，离松林越来越近。只觉得山岭变得越来越阴郁，越来越森严，由高空呼啸而下的寒风，驱赶着浓雾，将其撕扯成一条条长长的斜云，使之穿过山峰间的空隙，迅疾地排空而去。高处的台地上缭绕着大团大团松软的雾。半山腰中的雾就是由那儿刮下来的。雾的坠落使得群山间的万仞深渊看上去更显阴郁，更显幽深了。雾使松林仿佛冒起了白烟，并随同暗哑、深沉、凄冷的松涛声向我袭来。周围弥漫着冬天清新的气息，寒风卷来了雪珠……夜已经很深了，我低下头避着烈风，久久地在山林构成的黑咕隆咚的拱道中冒着浓雾向前行去，耳际回响着隆隆的松涛声。

"马上就可以到山口了，"我宽慰自己说。"马上就可以翻过山岭到没有风雪而有人烟的明亮的屋子里去休息了……"

但是半个小时过去了，一个小时过去了……每分钟我都以为再走两步就可到达山口，可是那光秃秃的石头坡道却怎么也走不到尽头。松林早已落在半山腰，低矮的歪脖子灌木丛也早已走过，我开始觉得累了，直打寒战。我记起了离山口不远的松树间有好几座孤坟，那里埋葬着被冬天的暴风雪刮下山的樵夫。我感觉到我正置身于人迹罕至的荒山之巅，感觉到在我四周除了寒雾和悬崖峭壁，别无一物。我不禁犯起愁来：我怎么去走过那些像人的躯体那样黑魆魆地兀立在迷雾中的孤单的石头墓碑？既然现在我就已失去了时间和地点的概念，我还会有足够的力气走下山去吗？

前方，透过飞快地排空而去的浓雾，模模糊糊地可以看到一些黑黢黢的庞然大物……那是昏暗的山包，活脱像一头头睡着的熊。我在这些山包上攀行着，从一块石头跨到另一块石头，马吃力地跟着我攀行，马掌踏在湿漉漉的圆石子上，发出叮叮当当的声响，一个劲儿地打着滑。突然我发现路重又开始缓慢地向上升去，折回深山之中！我不由得立停下来，绝望的心绪攫住了我的身心。紧张和劳累使我浑身发抖。我的衣服全被雪淋湿了，朔风更是刺透了衣服，刮得我冷彻骨髓。要不要呼救呢？可此刻连牧羊人也都带着他们的山羊和绵羊躲进了荷马时代的陋屋之中，还有谁会听见我的呼救声呢？我惊恐地环顾着四周：

"我的天啊，难道我迷路了不成？"

夜深了。松林在远方睡意朦胧地发出一阵阵喑哑的涛声。夜变得越来越神秘诡谲，我感觉到了这一点，虽然我并不知道此刻是什么时间，而我又身在何方。现在，连深谷中最后一点灯火也熄灭了，灰蒙蒙的雾淹没了整个山谷。雾知道它的时候来到了，这将是漫长的时刻，在此期间大地上的万物似乎都已死绝，早晨似乎永远不会再来，惟独雾将会不停地增多，把森严的群山团团裹没，在深夜里护卫着它们，除此而外，还有山林会不停地发出低沉的涛声，而在荒凉的山口，雪将会下得越来越大，越来越密。

为了避风，我掉过身子面对着马。和我在一起的生物就只有这匹马了！可马连看都不看我一眼！它已浑身湿透，冷得直打寒战，背拱了起来，背上很不舒服地戳起着高高的马鞍。它驯顺地奄拉着脑袋，两耳紧贴在脑袋上。我狠命地拉紧缰绳，重又把脸转向风雪，重又执著地迎着风雪走去。我试图看清我四周有些什么东西，但是我看到的只是漫天飞驰的灰蒙蒙的雪尘，刺得我眼睛都睁不开来。我侧耳静听，能够听到的只是耳畔呼呼的风声和身后马蹬相互碰撞发出的单调的叮当声……

然而奇怪的是我的绝望的心情反使我坚强起来。我的步子迈得比以前勇敢了，我恚恨地谴责着某个人逼得我不得不忍受一切，对那人的谴责使我的心情快活起来。满腔的恚恨化作一种郁悒的坚毅的顺从，甘愿对于凡是我必须忍受的事物都逆来顺受，哪怕永无出路我也感到甜蜜……

临了，我终于走到了山口。但此刻我已经对一切都无所谓了。我走在平坦的草地上。狂风把浓雾像一绺绺发辫似的撕扯而去，几乎要把我吹倒在地，可我却根本没去留意这风。单凭这呼呼的风声，单凭这弥天的大雾就可感觉到夜正深邃地主宰着群山，——渺小的人类早已在谷地中一幢幢渺小、窳劣的屋子内进入了梦乡；但我并不着急，并不急于去寻个栖身之所，我咬紧牙关走着，不时嘟嘟嚷嚷地对马说：

"走，走。只要咱俩不倒下，就豁出命来走。在我的一生中，像这样崎岖荒凉的山口已不知走过多少！灾难、痛苦、疾病、恋人的变心和被痛苦地凌辱的友谊，就像黑夜一样，铺天盖地压到我身上——于是我不得不同我所亲近的一切分手，无可奈何地重又拄起云游四方的香客的拐杖。可是通向新的幸福的坡道是险峨的，高得如登天梯，而且在山巅迎接我的将是夜、雾和风雪。在山口等待着我的将是可怕的孤独……但是咱俩还是走吧，走吧！"

我磕磕绊绊地向前走去，仿佛在做梦。离拂晓还早着呢。下山到谷地得走整整一夜的时间，也许要到黎明时方能在什么地方睡上一觉——蜷缩着身子，沉沉睡去，心里只有一个感觉——在冰天雪地中跋涉之后进入温暖梦乡所感到的甜蜜。

天亮后，白天又将以人和阳光使我高兴起来，又将久久地迷惑我……可或许不等白天到来，我就会在山间的什么地方倒下去呢？于是我将永远留在这自古以来荒无人烟的光秃秃的山巅之中，永远留在黑夜和风雪之中了。

（戴骢　译）

深 夜

〔俄国〕蒲宁

这是一场梦呓,还是酷似梦境的神秘的夜生活?我觉得悲凉的秋月在大地上空浮游已经有许久许久了,现在已到弃绝白昼的一切虚伪和忙碌,好好歇息的时刻。我感觉到整个巴黎,包括最穷苦的贫民窟,都已进入梦乡。我睡着了很久,最后,梦终于慢慢地离我而去,就像一个对病人关怀备至而又沉着的医生,在做完救治病人的工作,见到病人终于深深地舒了口气,睁开了眼睛,因为复活而绽出羞怯、愉快的微笑后,便离开病人而去一样。我醒了过来,睁开眼睛,看到自己正置身于静寂、空濛的夜的王国。

我在五楼自己的卧室内,悄无声息地踏着地毯,信步踱至一扇窗子前。我时而望着这间弥漫着轻盈的夜色的卧室,时而隔着窗子最上边那排玻璃,仰望空中的皎月。每当这种时候,月光便洒满我的脸庞,我也不由得举目久久地端详着月亮的脸庞。月光透过淡白色的花边窗帘,染淡了卧室深处的夜色。在那里是看不到月亮的。可卧室的四扇窗子却统统被皓月映得十分明亮,连窗畔一切也都披上了溶溶的月色。月光由窗户中投到地板上,绘出了一轮轮青白色的和银白色的拱环,在每个拱环中央,都有一个暗淡的烟色的十字架,一个个十字架伸展到浴满月光的安乐椅和靠背椅子上时,便柔和地折断了。在最靠边的那扇窗子前摆着张安乐椅,坐着我所爱的那个女子,——她穿着一身雪白的衣裳,就像是个情窦未开的小姑娘,她苍白,美丽,由于我们俩所遭受的种种磨难,由于这一切磨难常常使我俩龃龉,反目,她已疲惫不堪。

她今夜为什么也不睡呢?

193

我在她身边的窗台上坐了下来，却避免去看她……是呀，已经是深夜了——对面那排五层楼的房子已不见一星灯火。那里的窗户全都是黑洞洞的，像是盲人的眼睛。我朝底下望了一眼，如长廊般狭窄、深远的街上，也是黑洞洞的，阒无一人。整个巴黎都是这样。只有微微倾斜地高悬在城市上空的淡白色的明月，没有入睡，形单影只地在迅速飘浮的烟色的云朵间浮游，而同时又一动也不动似的。月亮笔直地俯视着我，它虽然皎洁，却稍有亏蚀，因而略带几分凄楚。一缕缕云烟飘移过它身畔时，都被它照得发亮，仿佛已经融化殆尽，可是离开月亮后，又都凝聚起来，变得又浓又厚。待到飘移过屋脊时，已经完全成了阴郁的、沉甸甸的云堆了……

我已很久没有看到月夜！不免触景生情，心重又回到童年时代在俄罗斯中部冈峦起伏的、贫瘠的草原上所度过的那些遥远的、几乎已遗忘了的秋夜。在那边，月亮曾在我故宅的屋檐下窥视屋内的动静。在那边，我第一次见到并且爱上了月亮温柔苍白的脸庞。我在想象中离开了巴黎，刹那间，好像已登临绝顶，正鸟瞰着辽阔的低地，整个俄罗斯的景物恍惚尽收眼底。我看到了似沙漠般一望无垠的、浮光耀金的波罗的海。看到了在苍茫的暮色中向东方迤逦而去的郁悒的松树之乡，看到了森林、沼泽和小树林，看到了在地势低洼的南方，绵亘着无边无际的田野和平原。数百俄里长的铁路轨道，穿过一座又一座树林，在月光下闪耀着昏沉的光泽。沿铁路线闪烁着各种颜色的睡意朦胧的灯光，一盏接着一盏，一直延伸至我的故乡。我面前浮现出略有起伏的田野，田野上有幢地主的宅第，古老，单调，破败，可在月光下却显得相当舒适……然而，我在儿时曾窥视过我的卧室，此后又目睹我成为青年，而现在又和我一起伤悼我一事无成的青春的那轮月亮，难道就是眼前的这轮月亮吗？是这轮月亮在明净的夜的王国中抚慰着我吗？……

"你为什么不睡？"我昕到她怯生生地问我。

在两人固执地不理不睬了很久之后，她首先开口。使我的心既痛苦又甜蜜。我低声回答说：

"不知道……可你为什么不睡？"

我们又久久地沉默着。月亮已坠落到屋顶后面，月光深深地照进了我们的卧室。

"原谅我!"我走到她跟前,说道。

她没有回答,用两手捂住了眼睛。

我捏住她的手,把它们从她眼睛上移开。泪珠正顺着她两腮潸然而下,她的眉毛像孩子那样高高地扬起着,抖动着。于是我在她脚边跪了下来,把脸贴到她身上,非但没去止住她的泪水,自己的泪水反而也夺眶而出。

"难道是你的过错吗?"她惶惑地说。"难道这不全是我的过错吗?"

她破涕为笑,笑得快乐而又痛苦。

我对她说,我们两人都有错,因为两人都公然违背了欢乐地生活所必须遵循的戒条,而人活在世上本来应当是欢乐的。我们前嫌尽释,又相互爱恋了,只有共过患难,吃过同样的苦,有过同样的迷误,而同时又一起在瞬息之间找到过极难找到的真理的人,才会这么相爱。只有苍白、忧郁的月亮看到了我们的幸福……

(戴骢 译)

"希望号"

〔俄国〕蒲宁

秋天早已降临，天阴沉沉的，寒气袭人，然而秋季的这些日子却有其无可比拟的迷人之处。我们由城里回别墅去，沿途遇到的大车都是运载迟归的消夏客的家私什物的。九月的雨天刚刚过去，果园间的小巷变得泥泞难行，园内的树叶已经枯黄，凋零。这些果园将同大海形影相吊地枯守在这里，直到来年春天。大路两旁，在果园的围墙和栅栏之间，所有的水果店和夏季出售饮料的小铺都已紧闭店门……一路上，从考究的别墅直到筑在远处巉岩嶙峋的海边上刷过石灰水的小屋都已把凉台上的玻璃窗卸去，只剩下野葡萄长长的桔藤还缠绕在柱子上，百叶窗都已放下，大门都已钉死，弱不禁风的南方植物都已用蒲席包住。离城越远就越静，人迹也越少。市郊的火车已减少班次，偶尔才有一列驶过，它到站和离站时开道的汽笛声，在洁净的空气中传得非常之远。你踽踽独行于果园间的小道上，侧耳倾听……火车在什么地方停了下来，接连两次凄惋而又响亮地鸣响了汽笛，可它究竟在什么地方停下来，是远还是近，你却说不上来。汽笛声像是回声，回声又像是汽笛声，后来两者都沉寂了，连火车在果园间渐渐远去的轰隆声也消失了，于是万籁俱寂。你不慌不忙地踏着枕木向前行去，心平稳地跳动着，你一边走一边呼吸着秋天凉丝丝的空气，感到轻松而又甜蜜……要是能留在这里，直到来春，天天夜里谛听在黑暗中翻腾的大海的涛声，天天白昼徜徉在险峨的海岸上，该有多美！想象中会勾勒出一个妇人的倩影，落寞地凭靠在冬日别墅的凉台上，而每一条白杨的林荫道则映衬着蔚蓝的大海，频频地召唤你进入它的拱门……

196

　　我们一边走，一边望着这些林荫道，欣赏着伫立于花圃和树木间的古老的大理石雕像，以及铺满了果园的小径和露台的石级的枯黄的落叶。白昼晦暗宁静，而又萧瑟，空气清新，湿润，弥漫着浓烈的海水的气息。不论走到哪里，都可望到大海就在灌木丛和树木的后边，周遭的万汇都在告诉你大海的存在，无时无处不使你感到海的宽广和海的气息。你可记得不知谁家荒废的大花园里那尊大理石的海神雕像？海神沉思地坐在喷水池中央的巨石上。每当夏天，花园里绿荫森森，酷暑蒸人，斑斑剥剥的日影便洒落在海神的身上，巨石向四面八方喷射出一股股清凉的泉水，海神则沉着头，谛听着绵绵不绝的潺潺的水声。现在水声静息了，花园变得明亮而又死寂，隔着矮矮的相思树，隔着光秃秃的白杨的枝桠和泥土色的灌木丛，只消一抬头就可望到索漠的海岸……

　　我们向前走去，在树木后边，在巉崖上的别墅的红瓦后边，好似天空一般湛蓝的海面越来越开阔了。我们走到了果园骤然不再往前延伸的那个地方，凡是走到这里的人都会对远处波涛浩渺的大海叹为观止，身不由己地站停下来。我们也站停下来，就在这时遥遥望见在水天相接的地方竖立着"希望号"的风帆。

　　已经是暮色苍茫了，一列列像瓦垄似的安详的灰云遮蔽了天空，映出了橙黄色的反光，这是寒潮将至的征兆。靠近天陲的地方比较明亮，寒气本已涤尽了空气中的秽浊，加之久雨方霁，空气更是分外清澈，极目四望，连异常辽远的地方都可以尽收眼底。海上水波不兴，大海就像是无涯无际的嫩绿色的草坪，只有在极远处海水才转成淡淡的雪青色，弯成圆圆的弧形，无所畏惧地，自由自在地同天空连接在一起。近处，顺着蜿蜒曲折的海湾，碧绿的海水清澈见底。甚至站在险巇的海岸上也可一眼望到水下深紫色的石头；一阵阵微风从稍远一点的海面上拂来，向我们送来了大海清新的气息，那儿的海面，有的地方就像丝绸那样微微隆起着皱纹。再远处，宁静辽阔的大海被水流用浓淡不同的色调精细地绘成一条条长长的带子，向水天线奔去。到了那里带子便消失了，使人觉得在水天线外，又有另一个风平浪静的海的世界。然而"希望号"所去的地方，必定正在吹着为它送行的轻风。所以它张起了所有的风帆。那些风帆远远望去，显得非常之小，而"希望号"本身则像是神话中飘洋过海的钟楼，在水天相接处微微晃动的海面上，清晰地呈现出它那灰色的轮廓。海上只有它一艘孤船，它用它的风帆恢复了古老的大海的诗意，愈发显示出这海的原野的平坦和辽阔。即使从岸上望去，尽管这对肉眼来说距离十分遥远，仍可看出这是一艘美丽而又坚固的船，优雅而傲岸，就像上个世纪帝王出航时乘坐的双桅战舰。今夏它从澳大利亚返航时，人们像迎接朋友似的迎接它，把它当作有生命的受造物那样观赏它。它到达过多少国家，驶入过多少海洋，有多少海浪洗涤过它那又高又尖的胸脯！海港内泊满了船只，然而那都是些笨重的轮船，又矮又粗的黑烟囱冒出一股股浓烟，舱内装的是砖头、铁块、粮食、酒桶，吊车从早到晚隆隆地轰鸣着。这些轮船除了运货一无所用，而"希望号"却是供年轻的海员去见世面、去实习航海的。当它扬起六道风帆驶入海港时，它在由船只构成的水上城市中显得那么轻盈，那么飘逸，好似鹤立鸡群！现在它又离开我们远航去了……在那些日子里，每当我们眺望着大海时，总是怀着青春的活力幻想联翩，总是觉得在那烟波淼茫的水天线外必有什么在等着我们；而在这个秋日，置身于别墅荒寂的果园内，也有许多东西使我们为之激动。凡此种种当我们此刻看到遥远的"希望号"时，便有一种罕见的力量激荡着我们的心……

一驶进水天线，它的轮廓显得分外清晰了，仿佛已静止在那里。它将航向何处？去南方，还是去博斯普鲁斯海峡，或者是去地中海……明天，在它的面前将要展现出更加柔和的远方，新的海岸将隐隐地放出光芒……这艘优美而孤独的船已航至目力所及的大海的尽头，正在悄悄地，然而坚决地离去。船上的人所看到的已经是崭新的水天线了……

夜里，当一阵阵海风不安地，但是却谨慎地拂动着我们凉台上野葡萄的枯枝，仿佛在寻找什么东西时，当昏昏欲睡的涛声不停地传至我耳际时，我还在目送着"希望号"在漆黑的海洋上沿着它的航道远去……

（戴骢　译）

在一条熟悉的街道上

〔俄国〕蒲宁

巴黎的一个春夜，我漫步在林荫大道上，繁茂的嫩叶把斑斑驳驳的阴影洒满了大道，树下亮着一盏盏发出金属光芒的路灯，我觉得自己年轻了许多，心情也轻松了不少，不由得想起了一首诗：

在一条熟悉的街道上，
有座古老的住宅我难以遗忘，
那高高的楼梯昏暗无光，
窗帘遮没了长窗……

真是一首好诗！奇怪的是所有这一切我当年也同样经历过！那是在莫斯科，在普列斯尼亚区白雪皑皑的僻巷，一幢幢小市民的陋屋，而我呢，是个大学生之类的人物，我曾经有过这样一段经历，现在连我自己也不敢相信……

那里有盏神秘的孤灯，
直到深夜还发出幽幽的青荧……

我在那里也曾有过一盏孤灯。屋外刮着暴风雪，狂风卷起木屋顶上的积雪，把它们像轻烟一般刮往各处，而在高处，在顶楼上，在红色印花布的窗帘里边，亮着荧荧的灯光……

啊，一个奇妙的女郎，

在深夜那魂牵梦萦的时光，

解开了发辫，

把我迎进她的闺房……

我也有过这样一个女郎。她是谢尔普霍夫一名教堂诵经士的女儿。她撇下了在那个城市里的贫困的家，来莫斯科求学……我登上铺满积雪的木头台阶，拉了拉通至门厅的铃环，门厅里随即响起了用洋铁皮做的门铃声，我听到有人快步从陡直的木梯上奔下来，门打开了，于是狂风卷着飞雪向她，向她的披肩，向她白色的上衣猛刮过去……我连忙迎上前去搂住她，不让风吹着她，同时连连地吻她。我们俩顺着冷彻骨髓的黑洞洞的楼梯奔上楼去，走进她那间被一盏落寞的火油灯照得半明不暗的同样寒冷的屋里……窗上蒙着红色的窗帘，窗下是一张搁着那盏油灯的小桌，靠墙放着一张铁床。我随手摆掉大衣和便帽，坐到床上，把她抱在膝上，隔着裙子我感觉到了她的肌肤和骨骼……不过她的辫子没有解开，而是盘在头上，发辫是淡褐色的，显得有几分可怜巴巴，脸是普通老百姓的脸，由于长年的饥饿而变得透明了，眼睛也是透明的，农民的眼睛，嘴唇是那么柔弱，只有身子单薄的姑娘嘴唇才会这样柔弱：

她怎能不像孩子那样火热地急忙

贴到我的嘴唇上，

浑身战栗着，向我悄悄地耳语：

"听着，我们逃往他乡！"

逃往他乡！他乡在哪儿，为什么要逃，我们害怕谁？这句热烈的、孩子气的蠢话："逃往他乡！"是多么令人心醉。我们俩没有"逃往他乡"。然而却有世上最甜美的柔弱的嘴唇，有幸福得夺眶而出的热泪，有慵倦的年轻的肉体，倦得两人都把头靠在对方的肩上。当我解开她的上衣，吮吻着她那少女的乳白色的胸脯和胸脯上还未成熟的、坚硬的、好似草莓一般的乳头时，她的双唇像火烧一样发烫……她终于清醒了过来，跳下床，点燃了酒精灯，把一壶淡茶温热，然后我们俩就着茶，吃着白面包和包在红纸里的干酪，没完没了地议论着我们的未来，听着风雪敲打着窗户，感觉到从窗帘外面钻进来一股股严冬的寒气……"在一条熟悉的街道上，有座古老的住宅我难以遗忘……"还有什么我遗忘不了的呢？我忘不了春天我在库尔斯克火车站去送她的情景，我们拎着她的柳条筐和用皮带扎牢的卷起的红被子，沿着已经准备起动的长长的列车跑着，看到每节绿色的车厢里都挤满了人……我还忘不了最后她终于跳进一节车厢的过道，我们依依惜别，相互叮咛着，吻着对方的手，我告诉她两个礼拜后去谢尔普霍夫看她……此外我就什么都记不得了。也没有什么事可记得的了。

（戴聪　译）

安东诺夫卡苹果

〔俄国〕蒲宁

一

　　……我怎么也忘怀不了金风送爽的初秋。八月里，下了好几场暖和的细雨，仿佛是特意为夏种而降的甘霖，这几场雨十分及时，正巧是在月中圣拉弗连季伊节前后下的。俗话说："拉弗连季伊节雨濛濛，不起浪，不刮风，好过秋来好过冬。"后来到了夏末，田野里结满了蜘蛛网。这也是个好兆头，所谓："夏末蜘蛛成群，秋天五谷丰登。"……我至今还记得那凉丝丝的静谧的清晨……记得那座满目金黄、树叶开始凋零，因而显得稀稀落落的大果园，记得那槭树的林荫道、落叶的幽香以及——安东诺夫卡苹果、蜂蜜和秋凉这三者的芬芳。空气洁净得如同不复存在一般，果园里到处是人声和大车叽叽嘎嘎的响声。这是那位果商兼果园主雇了农夫来装苹果，以便夜间运往城里，——运苹果非得夜间不可，那时躺在大车上，仰望着满天星斗，闻着飘浮在清新的空气中的焦油味、听着长长的车队在沉沉的夜色中小心翼翼地、飘着果香缓缓驶去，真是再惬意也不过了。有个雇来做工的农夫，一只接一只地喀嚓喀嚓大嚼着苹果。这可是老规矩了。果园主非但不阻止他，反而还劝他吃：

　　"吃吧。吃个饱，——不吃才傻呢！哪个割蜜的不吃几口蜂蜜。"

　　清晨是寒意料峭的，宁静的。只有停在果园深处珊瑚色花楸树上的肥肥的鸫鸟的鸣声，人语声，以及把苹果倒进斗内和木桶里的咕辘辘的声音，才打破了寂静。果园里由于树叶日稀，已经可以望得很远。不但那条通往用麦秸作顶的大窝棚的林荫道，连大窝棚本身也都可以一览无遗了。入夏以来，果园主把全部家当都搬到了窝棚旁边，虽说到处都是香喷喷的苹果味，可这儿却香得尤其馥郁。窝棚里铺着几张铺，放着一支单管猎枪、一只长了铜绿的茶炊，窝棚的角落里搁着碗盏器皿。在窝棚旁边堆放着蒲席、木箱和用坏了的杂物。此外，场地上还挖了个土灶。中午在土灶上熬美味的腌肥肉粥，傍晚则把茶炊放在土灶上烧热，每当这种时刻，瓦蓝色的炊烟便像长长的带子，在果园的树木中间弥漫开去。逢到节日，窝棚附近热闹得如同集市一般，树木后面不时地闪过鲜红的衣裙。那些小家碧玉，独院小地主家的姑娘，穿着发出扑鼻的染料味的无袖长衣，唧唧喳喳地聚集到这儿来，"公子哥儿"也都穿起他们的漂亮衣裳——做工粗糙、土里土气的西装，络绎不绝地来到这儿。连村长年轻的妻子也屈尊枉顾她已有身孕，大脸上睡意朦胧，摆出一副自命不凡的样子，活像一头霍尔莫高尔种的乳牛。她头上的确长着一对"犄角"——那是盘在头顶两旁的发辫，上面还包着几方头巾，因此她的头显得格外大；她脚上穿着一双打有铁掌的短统靴，站在那儿显得笨重、牢靠；身上穿着棉绒坎肩、长围裙和用家织的条纹呢做的裙子，裙子的底色是紫黑的，条纹是砖红色的，裙裾上还镶着一条金色的阔滚边……

"这小娘们儿可会理财呢！"果园主摇着头，议论她说。"像这样精明强干的女人现在难得见到了……"

男孩子们穿着白麻布衬衫和短裤，光着脑袋，露出淡色的头发，蜂拥前来。他们一边三三两两地走着，小小的光脚丫踩进薄薄的浮土里，一边斜睨着拴在苹果树上的那条毛蓬蓬的狼狗。人们买苹果，不用说，只要去一个人就行了，因为只消一个戈比或者一枚鸡蛋就可换到好些苹果。但买的人很多，生意十分兴隆，乐得那个身穿斜襟外衣、脚登火红色靴子、患肺痨病的果园主连嘴都合不拢来。他由兄弟帮着做买卖。他兄弟虽然口齿不清，近乎白痴，但是手脚倒挺麻利。果园主完全是出于"行善"才收养这个同胞手足的。做买卖时，果园主常常开开玩笑，讲几句俏皮话，有时甚至还"逢场作戏"，拉几下图拉①市出产的手风琴。

---

① 图拉是俄国的一个工业城市。

直到傍晚，果园里始终人头挤挤，在窝棚附近响彻着笑声、话语声，乃至跳舞声……

入暮以后，就很有点寒意了，地上铺满了露水。我穿过打麦场，尽情地闻着新麦的麦秸和麦糠的香气，沿着果园的围墙，高高兴兴地走回家去吃晚饭，在寒气袭人的晚霞下，村里的人语声和大门的吱扭声听起来分外清晰。天色越来越暗。这时又增添了另一种气味：果园里生起了篝火，樱桃枝冒出的烟散发出浓郁的香气。在黑魆魆的果园深处，出现了一幅童话般的画面，那情景就好似在地狱的一角一般：窝棚旁腾起血红的火舌，而周遭则是无边无际的黑暗。烤火人的漆黑的轮廓，就像是用乌木削成的，在篝火周围游动，于是他们投到苹果树上的巨大的影子也随之而摇晃不已。一会儿一只足足有好几俄尺长的黑黝黝的手把一棵树遮得密不透风，一会儿又清晰地出现了两条巨腿——就像是两根黑漆柱子。蓦地里，黑影一闪，从苹果树上滑落到了林荫道上，盖没了整条道路，从窝棚直至围墙的便门……

深夜，当村里的灯火都已熄灭，七颗如金刚钻般的北斗星已高高地在夜空中闪烁的时候，我又跑到果园里去了。那时我好似盲人一般，沙沙地踩着枯叶，摸黑走到窝棚边。到了那一小片旷地上，光线就稍微亮些了，旷地上空横着白茫茫的银河。

"是您吗，少爷？"有人从暗处轻轻地喊住我。

"是我。还没睡吗，尼古拉？"

"我们怎么能睡呢。时间大概很晚了吧？我好像听到那班火车已经开过来了……"

我俩久久地侧耳倾听着，感觉到土地在颤抖。继而，颤抖变成隆隆的响声，由远而近，转眼之间，车轮好像就在果园的墙外敲打起喧闹的节拍了：列车发出铿嚓铿嚓的轰鸣，风驰电掣般奔来……越来越近，越来越近，声音也就越来越响，越来越怒气冲冲……可是突然间，声音轻下去了，静息了，仿佛消失在地底下了。

"尼古拉，你的猎枪在哪儿？"

"喏，就在箱子那边。"

我举起沉得像铁棍似的单管猎枪，冒冒失失地朝天开了一枪，随着砰的一声震耳欲聋的巨响，一道红光直冲云霄，一瞬间，耀得眼睛发花，星星失色，而四周响起的嘹亮的回声，则沿着地平线隆隆地向前滚去，直到很远很远的地方才消失在洁净的、对声音十分敏感的空气中。

"嘿，真棒！"果园主说。"少爷，再吓唬他们一下，再吓唬一下，要不可够呛！他们又会爬到围墙上来把梨全都摇落下来……"

几颗流星在夜空中画出了几道火红的线条。我良久地凝望着黑里透蓝、繁星闪烁、深不可测的苍穹，一直望到觉得脚下的大地开始浮动。这时，我打了个寒噤，把手缩进袖笼，飞快地顺着林荫道跑回家去了……天气多么凉呀，露水多么重呀，生活在世界上又是多么美好呀！

二

"安东诺夫卡又大又甜，准能快快活活过一年。"安东诺夫卡大年，农村里的事就好办了，因为这年的庄稼也必定是大年……丰收年成的情景，我是怎么也忘怀不了的。

每当清晨，雄鸡还在报晓，没有烟囱的农舍开始冒出炊烟的时候，我就打开面对果园的窗户，园内凉气袭人，萦绕着淡紫色的薄雾，透过雾纱，可以望到旭日正在什么地方辉耀。这时，我再也按捺不住，一面吩咐赶快备马，一面跑到池塘边去洗脸。池塘边柳丝上纤细的树叶几乎已全部落光，光秃秃的树干突立在湛蓝的天空下。柳枝下的池水已变得清澈见底，冰凉砭骨，而且仿佛又稠又浓。池水于一瞬间就驱走了我夜来的倦怠，我洗好脸，直奔下房，去同雇工们共进早餐，吃的是滚烫的土豆、黑面包和一大块泛潮的盐巴。饭后，我穿过维谢尔基村去打猎的时候，身底下光滑的皮鞍子给予我莫大的快感。秋天这个时节有一连串本堂节日①，因此老百姓都拾掇得干干净净，人人心平气和，村子的面貌跟其他时节迥然不同。如果这年又是个丰收的年成，打麦场上麦粒堆得像座黄金的城市，而鹅群则每天早晨在河里游来游去，无所顾忌地嘎嘎叫着，那么村里的日子就非常好过了。何况我们的维谢尔基村很久以来，还是从我老祖宗的时代起，就以"富庶"著称。维谢尔基村的老头子和老婆子寿命都很长，——这是村子富庶的第一个标志，他们白发

---

① 指所在地区的教堂所特有的节日。

苍苍，个儿又高又大，你常常能听到人们说："嚘，你们瞧，阿加菲娅活过了第八十三个年头啦！"或者是下面这类对话：

"潘克拉特，你什么时候才死呀？你说不定快一百岁了吧？"

"老爷，您说什么？"

"我问你多大年纪了？"

"连我自己都记不清了，老爷。"

"那么你还记得普拉顿·阿波尔洛内奇吗？"

"怎么记不得呢，老爷，——记得可清楚哩，活龙活现的。"

"瞧，那就得了。你少说也有一百岁啦。"

这个腰板挺得笔直地站在地主面前的老头，温顺地、面带愧色地微笑着，像是在说：有啥办法呢，真是抱歉，活得太久啦。他或许还会活得更久些，要不是在彼得节前的斋戒期①内吃了过多的大葱的话。

我至今还记得他的老伴。她整日坐在门廊里的一条长板凳上，伛偻着腰，抖动着脑袋，不停地哮喘着，两只手抓住板凳——老是在想着什么心事。"八成是在担心她那些私房，"农妇们异口同声地说，因为她那几只箱子里的确有不少"私房"。可她却好像没听见似的，忧心忡忡地扬起眉毛，抖动着脑袋，像瞎子般视而不见地望着远处的什么地方，似乎在搜索枯肠地回忆着什么。老妇人身材挺大，整个样子给人以一种阴郁的感觉。她那条家织毛呢裙子——几乎还是上个世纪的，她那双麻鞋是专给死人穿的那种，她的脖子枯瘦、蜡黄，斜纹布的衬衫不论什么时候都是雪白雪白的，——"哪怕就这样入殓也行"。门廊旁横着一块大石板，是她买来给自己筑墓用的，她连寿衣也买好了，那是套非常考究的寿衣，绣有天使，十字架，衣边上还印满了经文。

跟这些寿星相称的是维谢尔基的农舍：一色的瓦房，还是在他们祖先手里盖的。而那些富有的庄户人家，像萨维利耶家、伊格纳特家、德隆家，则有两三幢瓦房连接在一起，因为那时在维谢尔基村还不兴分家。像这样的庄户人家都养蜂，都喂有铁灰色的比曲格牝马②，并以此而自豪，田庄全都整治得井井有条。打麦场旁边，辟有一方方的大麻

---

① 在俄历六月底。

② 一种拉重车的大马。

田，大麻又密又壮，连成黑压压的一片，打麦场上耸立着谷物烤干房和禾捆干燥棚，房顶铺得整整齐齐，犹如梳理过的头发；谷仓和仓库都安着铁门，里边存放着粗麻布、纺车、新皮袄、嵌有金属饰件的马具、箍着铜箍的斗。大门上和雪橇上全都用火烙上了十字架。我至今还记得，我那时曾经觉得当个庄户人是件异常诱人的事。每当阳光明媚的早上，顺着村子按辔徐行的时候，你止不住要想，人生的乐趣莫过于割麦，脱粒，在打麦场的麦垛上睡觉，逢到节日，天一亮就起身，在村里传来的教堂深沉悠扬的钟声下，到水桶旁去洗净身子，然后穿上干净的麻布衬衫、干净的麻布裤子和打着铁掌的结实的皮靴。除此之外，我想如果还能有一个健壮、美丽的妻子，穿着过节的漂亮衣裳，和你双双乘着车去望弥撒，过后又一起到蓄着大胡子的老丈人那儿去吃午饭，午饭是盛在木盘里的热气腾腾的羊肉、精白面包、蜂蜜、家酿啤酒，——如果能过这样的生活，人生还有什么他求呢！

　　我对中等贵族的生活方式还记忆犹新，——那都是不久以前的事，——它同富裕的庄户人家的生活方式有许多共同之处，同样都克勤克俭，同样都过着那种老派的安宁的乡居生活。比方说，安娜·格拉西莫芙娜姑母的庄园就是如此。她住在离维谢尔基村十二俄里①的地方。往往当我骑马到达这个庄园的时候，天已大亮。牵着一大群猎犬，只能慢慢地撵着马走，再说又何必着急呢，——行走在朝霞绚烂、凉风习习的原野上，是何等的心旷神怡啊！地势平坦，远方的景物尽收眼底。天空轻盈，寥廓，深邃。朝阳从一旁照来，使得在雨后被大车辗得磁磁实实的道路好似浇了一层油，亮晶晶的，就跟钢轨一样。四周是一望无垠的大片大片倾斜的冬麦田。冬麦的禾苗，娇嫩、苗壮、青翠欲滴。不知打哪儿飞来一只鹞雏，在透明澄碧的空中盘旋，随后又一动不动地悬在空中，只是轻轻地拍着尖尖的双翼。一根根轮廓分明的电线杆朝阳光灿灿的远方奔去，而横在电线杆之间的电报线，则像是银光闪闪的琴弦，正在沿着晴朗的、斜悬的天空滑动，电报线上停着好些青鹰，——活像乐谱上黑色的音符，像极了。

_____

　　①　一俄里合1.067公里。

207

农奴制我虽然未曾经历，未曾见到，但是，我至今还记得在安娜·格拉西莫芙娜姑母家，我对这种制度却有过体味。我刚一策马奔进院子，就立刻感觉到在这座庄园内农奴制不但依然存在，而且未见衰微。庄园并不大，但古朴而坚固，由百年的白桦和古藤四面环拱。院内有许多房屋，虽都不是什么高堂广厦，却十分实用，全都是用柞树的原木拼成墙壁，拼得密不透风，像浇注的一样，屋顶则一色铺着草。其中有一幢房子特别大，或者更确切地说，特别长，那是已经发黑了的下房。家奴①阶层中最后的莫希干人②——几个老态龙钟的老头子和老婆子，以及一个模样活像唐·吉诃德，老得东倒西歪的不再当差的厨师——终日从这幢房子里向外张望。当你驰入院子时，他们就颤巍巍地站起来，向你深深地鞠躬。而白发苍苍的马夫则从马车棚里走出来牵马，他还在车棚门口就把帽子摘掉，光着脑袋穿过整个院子。当年他是姑母出行时专门骑在为首的辕马上当御者的，现在则替姑母驾车，送她去教堂，——冬天他给姑母乘运货的小型马车，夏天给她乘包铁皮的结实的大车，就像神父外出时乘坐的那种。姑母家的果园由于常年不加照管，由于栖有许多夜莺、斑鸠，由于其出产的苹果而出了名，而姑母的宅第则由于其屋顶而出了名。她的宅第是庄园的主屋，坐落在果园旁边，被菩提树的枝桠环抱着。宅第并不大，矮墩墩的，已下沉到贴近地面，可是给人的感觉却是它永远也不会有倾圮之日，——它支撑着高得出奇、厚得少见、因年深日久而发黑变硬了的草屋顶，显得十分的坚固。我每次望着这幢宅第的正面，总觉得它是个有生命的血肉之躯：就像一张压在大帽子下面的老者的脸，正用眼窝深陷的双眼——一对因日晒雨淋而呈珠母色的玻璃窗——眺望着前方。在这双眼睛的两旁是两行古色古香的、带圆柱的、宽敞的门廊，门廊的山墙上没有一刻不安详地停着好些吃得肥肥的鸽子，而与此同时，数以千计的麻雀却像阵阵急雨，由一个屋顶倾泻到另一个屋顶……此情此景使人觉得，能够在绿松玉似的秋日的天空下，到这个安乐窝内做客，是何等的舒适惬意呀！

---

① 指在地主家里当仆人的农奴

② 美国小说家库柏的小说《最后的莫希干人》写美国印第安人的莫希干族衰亡的故事，后来这个书名成为一句成语，用来喻某种人物的残余。

一走进宅第，首先扑鼻而来的是苹果的香味，然后才是老式红木家具和干枯了的菩提树花的气味，这些花还是六月份就搁在窗台上的了……所有的房间，无论是仆人室、大厅、客房，都阴凉而昏暗，这是因为宅第四周古木森森，加之窗户上边那排玻璃又都是彩色的：或者是蓝的，或者是紫的。到处都静悄悄，揩得纤尘不染，虽然那些镶花的圈椅和桌子，以及嵌在窄窄的、螺纹状的描金镜框内的镜子，给人的感觉却是从来也没有人用手碰过它们。就在这时，我听到了咳嗽声：是姑母出来了。她身材并不高大，但是就像周围所有的东西一样，结实硬朗。她肩上裹着一条又长又阔的波斯披巾，走出来时的气度显得傲岸而又和蔼。她马上就同你无休无止地缅怀起往事，谈论起产业的继承问题来，一边立刻摆出吃食来款待客人：先端出来的是梨子和安东诺夫卡、"白夫人"、波罗文卡、"丰产"等各类品种的苹果，然后是丰盛得令人张口结舌的午餐：粉红色的火腿拼青豆、八宝鸡、火鸡、各色醋渍菜和红克瓦斯①，——克瓦斯味道浓厚，甜得像蜜一般……朝向果园的窗户都打了开来，吹进了阵阵凉爽的秋风……

三

近年来只剩下一件事还在支撑着日趋衰亡的地主精神——那就是狩猎。

昔日像安娜·格拉西莫芙娜那样的庄园并不罕见。那时有不少庄园尽管日益败落，却仍可以过养尊处优的生活，都还拥有大片的领地和二十来俄亩②的果园。诚然，这类庄园今天也有个别幸存下来的，但是徒具虚名，其中已经没有生活可言了……已经没有三驾马车，没有供骑乘用的"吉尔吉斯"马，没有猎狗、灵猩③，没有家奴，也没有了这一切的享用者——就像我已故的内兄阿尔谢尼伊·谢苗内奇那样的地主兼猎人了。

自九月杪起，我们那儿的果园和打麦场就开始变得空旷了，气候通

---

① 一种用面包或水果发酵制成的清凉饮料。
② 一俄亩合 1.09 公顷。
③ 俄国一种跑得特别快的猎犬，头部狭长，四肢细长，善于追捕野兽。

常也在这个时候发生骤变。风整日整日摇撼着树木，雨则自早至晚浇淋着它们。偶尔，傍晚之前，在西半天上，落日的颤抖不已的金光会穿破阴沉沉地压在地面上的乌云。这时空气就变得洁净、明朗，夕照令人目眩地辉耀于叶丛和枝桠之间，而叶丛和枝桠则由于风的吹拂犹如一张活动的网似地摇曳摆动。同时，在北半天，在沉甸甸的铅灰色的乌云上方，水汪汪的浅蓝色的天空冷冰冰地、明亮地闪着光，乌云则慢慢地凝聚成为连绵不绝的含雪的云峰。每逢这种时候，你站在窗口，就会想："谢天谢地，说不定会放晴了。"可是风并没有停息。它骚扰着果园，撕碎着不停地从下房的烟囱里冒出来的缕缕炊烟，并且重又去驱赶如发绺似的不祥的乌云。乌云在低空飞驰着，转眼间，就像烟雾一般，遮蔽了落日。余辉熄灭了，像一扇小窗户那么大的一块蓝天闭合了，果园显得荒凉、沉闷，雨重又淅淅沥沥地飘落下来……起初是悄悄地、战战兢兢地下着，后来越下越密，最后终于变成了与风暴和黑暗为伴的倾盆大雨。使人忐忑不安的漫漫长夜开始了……

经过这样的周而复始的风吹雨打，果园几乎完全光秃了，地上落满了湿淋淋的树叶，露出一副逆来顺受的可怜巴巴的样子。然而一进十月，就雨霁日出，此时的果园又是多么美丽啊！十月初没有一天不是寒意料峭，清澈明净的，这是秋天临别时的佳节般的日子。如今，尚未掉落的树叶将安然地悬在树上，一直要到下了好几场初雪之后才会离树他去。黑森森的果园将在绿松玉般的碧空的映衬下，晒着太阳，柔顺地等待冬天的到来。田野由于已经翻耕过，变得乌油油的，而已经分蘖了的越冬作物又给它增添了鲜艳的绿色……打猎的季节到了！

于是我去到阿尔谢尼伊·谢苗内奇的庄园里，当时的情景至今还历历在目：我坐在庄园那幢大厦的客厅内，满屋子都是阳光以及由烟斗和卷烟喷出来的烟雾。屋里坐满了人，全都晒得黑黝黝的，脸上的皮肤给风吹得粗糙了，一色穿着腰部打褶的猎装和长筒靴。大家刚刚开怀饱餐了一顿，脸都红通通的，正在兴奋地、七嘴八舌地谈着就要去打猎这件事，同时并未忘掉饭后再喝几杯伏特加酒。而在院子里，有人在呜呜地吹着角笛，猎狗以各种声调猓猓地吠着。一条乌黑的灵猩，是阿尔谢尼伊·谢苗内奇的爱犬，趴在餐桌上，狼吞虎咽地嚼着剩下的浓汁兔肉。突然，它狂叫一声，从桌上跳了下来，哗啷啷地碰翻了一大串碟子和酒杯，原来阿尔谢尼伊·谢苗内奇从书房里走了出来，手里握着短柄马鞭和左轮枪，出人不意地朝狗开了一枪，震得满客厅的人耳朵都聋了。硝烟使客厅里更其烟雾腾腾，可是阿尔谢尼伊·谢苗内奇却站在那里哈哈大笑。

"可惜，没打中！"他挤了挤眼睛，说。

他颀长而瘦削，但肩膀挺阔，身材匀称，他的面孔像个英俊的吉普赛人。他的眼睛里射出一股野性的光来，他为人极为机敏，穿着深红色的丝衬衫和天鹅绒的灯笼裤，脚登长统靴。他开枪把狗和客人们吓了一大跳后，就开玩笑地装出一副颐指气使的样子，用深沉的男中音朗诵说：

是时候了，快去给顿河马备鞍，
把嘹亮的角笛挎上肩！
然后大声地说：
"好了，别耽误宝贵的时间啦！"

我至今还能感觉得到，当初我策马同阿尔谢尼伊·谢苗内奇的那一大群吵吵闹闹的人一齐出发去行猎时，我年轻的胸部是如何贪婪地大口大口吸着晴天傍晚润湿的寒气的，是如何被猎犬像乐曲般动听的吠声激动得不可名状的，而猎犬则像脱弦的箭似地向黑林①，向某个叫做"红岗"或者"响岛"的地方奔去，就这些地名也已经够使猎人兴奋的了。我骑在暴烈、矮壮、力大无穷，称为"吉尔吉斯"的坐骑上，用缰绳紧紧地勒着它，觉得自己几乎已同它融为一体了。马打着响鼻，要求让它纵蹄驰骋，马蹄踩着由发黑的落叶铺成的厚厚的然而轻盈的地毯，发出沙沙的喧声。在空落落的、潮湿的、寒冷的树林里，每个声音都能很响地传开去。远处什么地方有一条猎狗尖声吠了起来，随即第二条，第三条……群起响应，吠声狂热而悲凉，倏忽间，整个树林好像是用玻璃做成的，被狗的狂吠和人的喊叫震得叮当作响。在这片喧嚣声中，砰的一声枪响——终于"干上"了，大家都向远处的什么地方猛扑过去。

---

① 俄国民间对阔时林的叫法。

211

"别放跑——啦!"不知什么人用一种绝望的声调喊叫起来,声音大得响彻了整个林子。

"唔,别放跑啦!"脑子里闪过了一个使我陶醉的念头。我朝马大喝一声,随即就像从链条上挣脱出来一样,在树林里狂奔起来,连路都不去分辨。只见树木在眼前飞快地掠过,马蹄踢起的泥土劈里啪啦地溅到脸上,我刚一冲出树林,就见到一群毛色斑驳的猎狗,正拉开距离在冬麦地里向前飞奔,于是我更使劲地驱策着"吉尔吉斯"马去截住那头野兽,穿过一片又一片冬麦地、初耕过的休闲地和麦茬地,结果却闯入了另一座孤林,既看不到猎狗,也听不清它们疯狂的吠声和呻吟了。这时我由于剧烈的运动已浑身湿透,索索发抖,便勒住大汗淋漓、嘶嘶喘气的坐骑,贪婪地大口大口吸着树木丛生的幽谷里的冰凉的潮气。远处,猎人的呼喊声和犬吠声在静息下去,而在我周围呢,更是死一般的寂静。半幽闭的参天的树林纹丝不动地挺立着,使你觉得自己仿佛置身于一座美轮美奂的禁宫之中。从沟壑里冒出一股股使蘑菇得以孳生的潮气和浓重味道,以及腐烂的树叶和湿漉漉的树皮的强烈气息。从沟壑里升起的潮气越来越重,树林里越来越冷,越来越暗……是宿夜的时候了。但是在打猎之后要把猎狗召集来可并不容易。树林里久久地回荡着角笛无望的、忧郁的呜呜声,久久地响彻着喊叫声、詈骂声和犬吠声……最后,天完全黑了,这一大群猎人便蜂拥到一个同他们几乎素昧平生的独身地主的庄园里投宿,顿时间,庄园的整个院子闹腾开了,庄园的住宅里亮起了灯笼、蜡烛、油灯,由家人举着走出来迎接这帮不速之客……

遇上这样好客的邻居,人们是很乐意在他家里住上几天的。天麻麻亮,人们就骑着马,冒着砭骨的寒风,踏着湿漉漉的初雪,去树林和田野打猎,近黄昏才回来,一个个浑身是泥,面孔通红,身上沾着马汗的味道和捕获到的野兽的毛的膻味,——随即就开宴豪饮。在旷野里冻了整整一天后,来到灯火通明、人头挤挤的屋里,觉得格外暖和。所有的人都解开了猎装的钮扣,从一个房间走到另一个房间,乱哄哄地喝着、吃着,七嘴八舌地交换着对那条被击毙的巨狼的印象,这头狼龇牙咧嘴,圆瞪着眼睛,毛茸茸的尾巴甩在一边,横卧在客厅中央,用它那淡红的、已经冷了的血染污着地板。你在酒醉饭饱之后,会感到一种甜滋滋的慵困，会感到那种年轻人所特有的愉悦的睡意，以致人们的谈话声好像是隔着水传到你耳朵里来的。你那被风吹糙了的脸直发烧，而一合上眼睛，整个大地就在你脚下浮动起来。当你步入某处拐角上一间古色古香的、供着小小的圣像和长明灯的房间，躺到床上的鸭绒褥子上时，你眼前就会浮现出斑斓似火的猎犬的幻影，全身就会感到那种跃马奔驰时的酸痛，但是不知不觉地，你就会连同这些幻影和感觉一齐淹没在甜蜜而健康的梦中，甚至忘却了这间屋子当初曾是一个老人的祈祷室，而他的名声是同好些阴森可怖的有关农奴制的传说连在一起的，忘却了他就是死在这间祈祷室里，而且十之八九还是死在这张床上的。

偶尔睡过了头，错过了打猎，那休息起来就更其惬意了。你醒后。久久地躺在床上，屋里一片恬静。可以听到花匠如何蹑手蹑脚地走进一间间屋里去生旺火炉，以及劈柴如何像打枪一般噼啪作响。你起床后，将在这座已经是一派过冬气象的庄园里享受整整一天的清静。你不慌不忙地穿好衣服，去果园漫步时，会在湿漉漉的叶丛中间发现一只偶尔忘了摘掉的冰凉的、湿漉漉的苹果，不知怎的，这种苹果特别好吃，跟其他苹果的滋味截然不同。然后你就去浏览藏书，——都是祖传的书籍。厚厚的皮革封面，山羊皮的书脊上烫有一枚枚小小的金星。这些书好似教堂收藏的典籍，虽然书页都已发黄，纸张又厚又粗，然而它们的气味却是多么好闻啊！这是一种沁人心脾的有点发酸的霉味，散发出古书的气息……书上的眉批也饶有趣味，是用鹅翎笔写的，字体挺大，圆转柔和。你打开书来，一句眉批就映入眼帘："这是堪与古今一切哲人媲美的思想，是智慧之花，是肺腑之情"……于是你不由自主地就被这本书本身吸引住了。这本书出于"贵族哲人"① 的手笔，寓意隽永，是一百年前由某一位"荣膺许多勋章者"资助出版的，承印者是社会救济公署印刷厂，讲述的是"贵族哲人有闲暇也有才能探讨人的智慧可以升华至什么高度，他的夙愿是制订一个如何在他村庄的广阔土地上建立人间

---

① "贵族哲人"是俄国作家费奥多尔·伊凡诺维奇·德米特里耶夫—马蒙诺夫（1728—1790年左右）的笔名。他行伍出身，官至准将。著有《俄罗斯之光荣，或曰彼得大帝之丰功伟业》（1783年）、《将军致其部属的手谕，或曰将军率其所部于战场之上》（1770年）、长诗《爱情》（1771年）、《年表》（1782年）等。

乐园的计划"……然后你会在无意之中翻到一本题为《伏尔泰先生讽喻性的哲学著述》的书，于是你就会长时间地陶醉于这个译本亲切而又做作的文体："我的先生们！伊拉斯谟①在十六世纪揄扬愚昧；（这个分号就是一种做作的间歇。）而诸君却要我向你们赞美智慧……"然后，你从叶卡德琳娜②时代的古籍转到浪漫主义时代，转到文选，转到那些感伤主义的、夸张的、卷帙浩繁的长篇小说……一只杜鹃从挂钟里跳出来，在空无一人的屋子里，以嘲弄而又凄惋的声调，朝你咕咕叫着。于是你心里就会渐渐产生一种甜蜜而莫名的忧郁……

　　嗐，这本是《阿历克斯的秘密》③，这本是《维克托，或称森林之子》④："午夜降临了！神圣的寂静取代了白昼的喧嚣和农人快乐的歌谣。梦展开阴暗的双翼，遮蔽了我们半球的土地；梦从翅膀上洒落下罂粟花和幻想……幻想……可是继之而来的却往往只是痛苦的厄运！……"一个个亲切而古老的词汇在眼前闪过：悬崖与柞木林，苍白的月色与孤独，鬼魂与幽灵，"厄洛斯们"⑤，玫瑰与百合，"顽童的淘气与恶作剧"，百合花般的纤手，柳德米拉与阿林娜……嗐，这几本是刊有茹科夫斯基⑥、巴丘希科夫⑦、皇村学校的学生普希金的名字的杂志。于是我怀着惆怅的心情思念起我的祖母来了。我曾看到她在几架翼琴⑧的伴奏下跳波洛涅兹舞⑨，曾听见她用懒洋洋的声音朗诵《叶甫盖尼·奥涅金》中的篇什。于是那古朴的、充满幻想的生活复又映现在我眼前

----

　　①　伊拉斯谟（1469？—1536）：文艺复兴时期尼德兰人文主义者，著有《愚人颂》（1509年），揭露封建统治的罪恶和教会对人民的愚弄，批判经院哲学。

　　②　指俄国女皇叶卡德琳娜二世（1729—1796）。她的在位年代是1762年至1796年。这个专制女皇与法国哲学家伏尔泰有通信之谊。为骗取国际上对她的好感，自称是伏尔泰的崇拜者。在其执政期间，俄国曾出版过一些伏尔泰的著述。

　　③　《阿历克斯的秘密》是法国作家迪克雷—迪米尼尔（1761—1819年）的一部长篇小说。

　　④　《维克托，或称森林之子》也是迪克雷—迪米尼尔的一部小说。

　　⑤　希腊神话中的爱神。

　　⑥　茹科夫斯基（1783—1852年）：俄国浪漫主义诗人。

　　⑦　巴丘希科夫（1787—1855年）：俄国诗人。

　　⑧　一译古钢琴，现代钢琴的前身。

　　⑨　波兰一种旧式的隆重的交谊舞。

……当初，在贵族庄园里有过多么好的少女和妇人啊！她们的肖像从墙上俯视着我，她们娇妍的脸庞上流露出贵族的气度，她们的华发梳成古色古香的发式，她们长长的睫毛妩媚地垂在忧悒而温柔的双眸上……

四

安东诺夫卡苹果的香气正在从地主庄园中消失。虽说香气四溢的日子还是不久以前的事，可我却觉得已经过去几乎整整一百年了。维谢尔基村的老人们都已先后归天，安娜·格拉西莫芙娜也已故世，阿尔谢尼伊·谢苗内奇自尽了……开始了小地主的时代，这些小地主都穷得到了要讨饭的地步。但是即使这种破落的小地主的生活也是美好的！

于是我又看到自己来到了农村，那是在深秋的时分。天色淡蓝而晦冥。我一大老早就跨上马，带着一条猎狗，背着猎枪和角笛，上旷野去了。风吹进枪口，发出嘘嘘的声响，风凛冽地迎面刮来，有时还夹着干燥的雪珠。整整一天我在渺无人烟的荒野上踯躅……直到夕阳西堕，我才策马回庄园去。人又饿又冷，当我遥遥望见维谢尔基村的点点灯火，闻到从庄园里飘来的人烟的气息时，我心头顿时感到温暖和欢愉。我至今记得，我们家喜欢在这个时分摸黑闲聊，不掌灯，就在朦胧的暮霭中谈天说地。我走进屋里，发现窗上已装好了过冬用的双层玻璃窗，这就更勾起了我渴望宁静地度过冬天的心情。在仆人室里，那个雇工生了火炉，于是我就跟儿时一样，蹲在一堆麦秸旁边，麦秸已散发出冬天特有的清香，我一会儿望着火光融融的炉子，一会儿望望窗外，那儿黄昏正发出青光，在郁郁地逝去。后来，我走到下房去。下房里灯火通明，十分热闹：村姑们在切白菜，只见切菜的弯刀银光闪闪，我谛听着切菜发出的和谐的嚓嚓声，以及村姑们所唱的和谐的、忧郁而欢快的农谣……有时，某个也是小地主的邻人，驾车路过我们家，就把我接去住上一阵……啊，小地主的生活也的确是美好的！

小地主总是天刚拂晓就起身了。他使劲地伸个懒腰，跨下床来，用廉价的黑烟丝或者干脆用马合烟①卷成一支又粗又大的烟卷，抽将起

---

① 一种下等烟草。

来。十一月份的黎明以其朦胧的晨光渐渐廓清着这间简陋的、四壁空空的书房，现出了挂在床头的几张毛茸茸的黄色的狐皮，以及一个矮壮男子的身影，他穿着灯笼裤和没束腰带的斜领衬衫，而镜子则映出了他的睡意未消的、酷似靼鞑人的面孔。在这间半明不暗的暖和的房间里，静得如死一般。而在门外的走廊里，那个年老的厨娘则还在鼾睡。她打小姑娘的时候起，就进地主的宅子干活了。但是这并不妨碍老爷用响得震撼屋宇的声音吩咐道：

"卢克丽娅，生茶炊！"

然后，他穿上皮靴，把外套披到肩上，也不扣好衬衣的领子，就向门廊走去。在上了锁的门厅里有一股狗的气味；几条猎狗懒洋洋地伸着懒腰，尖声地叫着，微笑着，围住了他。

"出发！"他用一种纡尊降贵的男低音慢吞吞地喝道，随即穿过果园向打麦场走去。他大口地吸着黎明时分凛冽的寒气和在夜间上了冻的光秃秃的果园的气息。两旁的桦树已经被砍伐掉一半的小径上，满地的落叶由于严寒而冻得发黑，全都卷了拢来，在靴子下发出簌簌的声音。在低垂的、晨光熹微的穹苍下，可以看到几只竖起羽毛的寒鸦在禾捆干燥棚的屋脊上酣睡……今天可是打猎的好日子！老爷不由自主地在小径中央站下来，久久地凝望着深秋的田野，凝望着绿油油的冬麦地，地里阒无一人，只有几头牛犊在田间游荡。两条雌猎狗尖声尖气地在他脚边吠着，而那条"醉鬼"已经跑到果园外边，在刺脚的麦茬地里跳跃着，向前奔去，仿佛是在呼唤主人快去旷野打猎。但是在眼下这个节令，光带几条猎狗，能干得了什么呢？野兽现在都呆在旷野里、初耕过的休闲地里、荒僻的小道上，而害怕呆在树林里，因为风刮得残叶簌簌直响……唉，现在要是有一两条灵猩该有多好！

在禾捆干燥棚里，人们正要动手脱粒。脱粒机的滚筒慢慢地转动着，发出隆隆的声响。几匹套在传动装置上的马，踩着撒满马粪的那一圈地，晃晃悠悠地走着，懒懒地拉紧了套绳。赶牲口的人坐在传动装置中央的一条小板凳上，一边转动着身子，用始终不变的声调吆喝着几匹拉套的马，一边用鞭子单单抽打那匹棕色的骟马，这匹马比其他几匹还要懒，一面走，一面仗着它的眼睛被蒙住了，竟打起瞌睡来。

"姑娘们，快，快！"一个负责投料的中年汉子，穿一件宽大的粗麻布衬衫，厉声地催促道。

村姑们匆匆忙忙地打扫干净脱粒场。有的扛着抬床，有的拿着扫帚，川流不息地奔走着。

"上帝保佑！"投料的说罢，就投下一捆麦子去，试试机器灵不灵，这头一捆麦子带着嗡嗡声和呼啸声向滚筒飞去，随即像把张开的扇子，从滚筒下飞了出来。滚筒响得越来越坚定了，脱粒进行得热火朝天，转眼之间，所有的声音汇合成了一片悦耳动听的脱粒的喧声。老爷站在禾捆干燥棚门口，望着黑洞洞的棚子里隐约浮现的红色和黄色的头巾、手、耙子、麦秸。所有这一切都伴随着滚筒的隆隆声和赶牲口的人单调的吆喝声和嗯哨声，有节奏地移动着，忙碌着。麦糠像烟雾似地向门口飞去。老爷站在那里，落得浑身都是灰不溜秋的糠。他不时回头眺望着旷野……不消多久旷野就要披上银装了，初雪很快就会把旷野覆没……

初雪终于飘落下来，这可是头一场雪呀！十一月那阵子，由于没有灵狸，无法打猎；但是现在冬天到了，可以同猎狗一起"干活"了。于是小地主们，就像往昔一样，又聚集拢来，掏出仅存的一点钱，开怀畅饮，每天白天都在白雪漫漫的旷野里消磨时光。而到了晚上，在某个偏僻的田庄里，厢房的窗户就会透出灯光，远远地划破冬夜的黑暗。在那里，在那间小小的厢房里，一团团的烟雾在屋中飘浮，蜡烛发出昏暗的光，吉他调好了弦……

暮色中狂风啸吟，
吹开了我的家门，——

有个人用浑厚的男高音唱道。其余的人随即装得像开玩笑似的，以一种破釜沉舟的勇气，悲戚地、不入调地齐声和唱起来：

吹开了我的家门，
还用白雪抹去了道路的残痕……

（戴骢　任重　译）

松 树

〔俄国〕蒲宁

一

暮霭沉沉，被大雪淹没的屋子一片岑寂，屋外，暴风雪在松林中呼啸……

今天早晨，我们普拉托诺夫卡村的村警①米特罗方死了。神父晚到了一步，没来得及替他行终傅②，他就咽气了。傍晚，神父来我家，一边喝茶，一边久久地谈着今年有许多人活活冻死了……

"这不就是童话中的松林吗？"我谛听着窗外隆隆的松涛声和高空中悲凉的风声，不由得想道。那风卷着漫天大雪，飞旋着朝屋顶猛扑下来。我恍惚看到有个旅人在我们这儿的密林中团团打转，认为此生再也不可能走出这座松林了。

"这些个农舍里到底有没有人？"那人费了好大的劲才透过风雪弥漫的漆黑的夜色，影影绰绰地看到普拉托诺夫卡村，便自言自语道。

然而凛冽的寒风吹得他透不过气来，飞雪使他眼睛发花，刚才透过暴风雪隐约看到的那一星火光于顷刻之间消失得无影无踪。这大概不是人住的农舍吧？也许是童话中老妖婆住的黑屋？"小木屋，小木屋，把背转向树林，把大门朝向我！快快开门，让旅人把夜过！……"

---

① 帝俄时由村庄选任的最低级的警士。
② 东正教七大圣事之一。在教徒病情垂危时，由神父用经主教祝圣的橄榄油，敷擦病人的耳、目、口、鼻和手足，并诵念一段祈祷经文，认为借此可帮助受敷者忍受病痛，赦免罪过，安心去见上帝。

　　天断黑了。我一直横在炕上，想象着我家那几扇泄出灯光的窗户，在被铺天盖地的暴风雪染成白色的、涛声汹涌的松林中，一准显得畏葸、朦胧和孤单！我家的宅第坐落在宽阔的林间通道旁。这里本来是一处避风的所在，但是当狂风硕大的幽灵插上冰雪的翅膀掠过松林上空，而那些高踞于周遭一切之上的松树用忧郁、森严、低沉的八度音来回答狂风的时候，林间通道立时成了恐怖世界。这时，雪在松林中狂暴地翻滚着，舞旋着，向前扑去，门厅的那扇关不严实的大门以一种少有的响声拍打着门框。门厅里积起了厚厚一层雪，挺像是羽绒的褥子。睡在门厅里的狗全都陷在积雪里，冻得索索发抖，在睡梦中发出可怜巴巴的尖叫声……于是我又怀念起米特罗方来。在这个阴森森的黑夜里，他正在等着进坡墓。

　　我屋里挺暖和而且很静。窗玻璃冷冷地闪烁出五光十色的火星，活像是一粒粒小小的宝石，炕烧得热乎乎的，至于风声和大门的撞击声我早已习惯，根本不在意了。桌上那盏灯放射出睡意朦胧的昏光。灯中正在燃烧的煤油发出均匀的、依稀可闻的咝咝声，隔壁厨房里有人在哼着小调，哄孩子睡觉，声音单调、模糊，像是从地底下发出来的；哄孩子的若不是费多西娅就是她的女儿阿妞特卡。阿妞特卡从小就处处模仿她的终日唉声叹气的母亲。我倾听着自孩提时代起就听惯了的这种曲调，倾听着风声和大门的撞击声，整个身心都沉浸在这漫漫的长夜中。

　　　　梦在门厅里徘徊，
　　　　门内已昏昏欲睡，——

　　这支忧伤的歌曲在我心中低徊浅吟，夜的黑影无声无息地在我头顶上翱翔，它用昏昏欲睡的油灯发出的像蚊子叫那样有气无力的声音蛊惑着我，一边神秘地颤栗着，一边借油灯投到天花板上的那个像涟漪似的昏沉沉的圆圈在原地回荡。

　　这时从门厅里传来了踩在干燥、松软的积雪上的悦耳的脚步声。过道里的门砑的一响，有人在地板上跺了几下毡靴。我听到有只手在门上摸索，寻找着门拉手，随后我感觉到一股寒气扑面而来，同时闻到了正月里暴风雪的那种清新的气息，犹如切开了的西瓜的气味。

"您睡了吗？"费多西娅小心地压低声音问。

"没睡……有什么事？费多西娅，是你吗？"

"是我，"费多西娅换了平常的大嗓门，答道。"我把您吵醒了吧？"

"没有……你有什么事？"

费多西娅没有回答，转过身去看看门关好没有，然后微微一笑，走到炉子跟前，停了下来。她只是想来看看我。她虽然身材并不高大，却十分健壮，身上穿着一件短皮袄，头上包着条披巾，这使她活像一只猫头鹰；短皮袄和披巾上的雪正在融化。

"好大的雪！"她高兴地说道，随即瑟缩着身子，偎到炉子边上。"已经夜深了吧？"

"才八点半。"

费多西娅点了点头，陷入了沉思。一天内她干了不下数百件家务琐事。此刻她正在迷迷蒙蒙地休息。她的眼睛毫无目的地、诧异地望着灯火，舒适地打了个大哈欠，然后又哈欠连连地说：

"唉，天哪，怎么老打哈欠，真没办法！可怜的米特罗方！这一天来，我老是想着他，而且还放心不下咱们家那些个人，他们有没有动身？要是动身回来，准会冻死在路上的！"

突然，她迅速地加补说：

"等等，您哪只耳朵在叫？"

"右耳朵，"我回答，"他们不会在这种天气动身的……"

"那您就猜错了！我那口子的脾气我还会不知道。我真怕他会在路上冻死……"

于是费多西娅的脑子里尽想着关于暴风雪的事。她说道：

"那件事发生在四十圣徒殉难节①那一天。好吧，我这就讲给您听，可吓人呢！不用说，您是记不得了，您那时怕连五岁还不到，可我记得清清楚楚。那一年有多少人活活冻死，有多少人冻伤了呀……"

我没去听她讲，因为她讲的那件事，连所有的细节我都能倒背如流。我只是机械地捕捉着她讲的一个个单字，这些单字同我自己心中的

---

① 东正教节日，俄历三月九日守此节。

声音奇怪地交织在一起。"不是在别的王国，不是在别的国家，"我心里响起了常常给我讲故事的牧羊老人动听而暗哑的声音。"不是在别的王国，不是在别的国家，而是在我们生活的这个国家里，曾经有过一个年轻的雪姑娘……"

松林在呼呼地狂啸，仿佛风在吹奏着千百架风奏琴①，只是琴声被墙壁和暴风雪压低了下去。"梦在门厅里徘徊，门内已昏昏欲睡。"我们普拉托诺夫卡村的壮士们，劳作了一天，都已筋疲力尽。他们就着沼泽中的水，吃了些"松果"面包后，此刻全都沉沉睡着了。主啊，他们究竟是活着好还是死了的好，由你来衡量吧！

突然一阵狂风刮来，猛力地把大门撞击到门框上，然后像一大群鸟那样，发出尖利的哨声，咆哮着卷过屋顶，呼啸而去。

"哎哟，主啊！"费多西娅打了个寒噤，蹙紧眉头说。"风这样吓人，还不如早些睡着的好！您该吃晚饭了吧？"她一边问，一边强打起精神来，伸手去拉门把手。

"还早着呢……"

"怎么，您要等第三遍鸡叫吗，我看犯不着！还是早点儿吃好晚饭，美美地睡一觉吧！"

房门慢慢地打开又关上了。我又一个人留了下来，脑子里尽想着米特罗方。

米特罗方是个瘦高挑儿，但体格很好，步履轻快，身体匀称。他那个不大的脑袋总是高高地昂起着，一双灰绿色的眼睛生气勃勃。无论是冬天还是夏天，他瘦长的脚上始终整齐地裹着灰色的包脚布，穿着一双树皮鞋；无论是冬天还是夏天，他身上始终披着那件破烂的短皮袄。头上终年戴着顶自己缝制的光板兔皮帽。这顶帽子下边的那张饱经风霜的脸，鼻子上的皮肤都蜕掉了，络腮胡子稀稀拉拉没有多少根，可这张脸看人时却那么和蔼可亲！无论是他的姿势、他那顶帽子、那条膝盖上打补丁的裤子、身上那股没有烟囱的农舍所特有的气味和那支单管猎枪，都使人一望而知他是个地地道道的出没森林的农民猎人。他每回一踏进

---

① 一种因风吹而发响的状似竖琴的乐器。

我房间的门坎，用短皮袄下摆擦干古铜色脸膛上——这张脸由于长着一双绿松石般的眼睛而充满了生气——的雪水时，屋里立刻充满了松林那种沁人心脾的清新空气。

"咱们这地方真好啊！"他常常对我说。"主要是树林子多。虽说粮食经常不够吃，不是缺这就是缺那，可这不该埋怨上帝，有的是树林子嘛，尽可靠树林子去挣钱。我不定比别人还要苦得多，光孩子就有一大堆，可我不照样一天天活过来啦！狼是靠四条腿去觅食的。我在这儿住了不知多少年了，一点儿没有住厌，就是喜欢这地方……过去的事，我全记不清了。夏天，或者说春天吧，我能记起来的好像只有一两天，其余的日子啥也记不起来了。寒冬腊月那些日子倒是常常能回想起来的，可那些日子也全都一模一样。不过我一点儿也不觉得腻烦，相反觉得挺好。我在松林里边走着，松林一个套一个，看出去尽是绿油油的树，可到了林中空地上，就能望到乡里教堂的十字架了……回到家里，我倒头就睡，一觉醒来，又是早晨，又得去干活了……谁叫我长个脖子来着，长了脖子就得套轭！常言说，你靠树林吃饭，你就向树桩祈祷。可你去问树桩该怎么过日子，它啥也不知道。明摆着的嘛，我们的日子过得跟长工一模一样，叫你干啥就干啥，别的挨不着你管。"

米特罗方一生的确过的是像长工一般的生活。既然命中注定要走这条艰难困苦的林中道路，米特罗方便逆来顺受地走着……直到染上重病才不再走下去。他在昏暗的农舍里卧床一个月后，就油干灯草尽，离开了人世。

"你是没法叫一根草不枯死的！"当我劝他上医院去治病时，他宽厚地微笑着说。

谁知道呢，也许他的话有道理？

"他死了，咽气了，再也支撑不下去了，看来这是在劫难逃！"我一边想，一边站起身来，打算出去走走。我穿上皮袄，戴好帽子，走到油灯前。有一瞬间，窗外暴风雪的呼啸使我犹豫起来，但随即我就毅然决然地吹灭了灯火。

我穿过一间间黑洞洞的空屋，每间屋里的窗户全都是灰蒙蒙的。暴风雪扑打着窗户，使得窗户忽而发亮，忽而变暗，这情景跟在惊涛骇浪中颠簸不已的船舱里一模一样。我走进过道，过道里跟门厅里一样冷，由于堆放着取暖用的劈柴，散发出一股湿漉漉的、上了冻的树皮的气味。在过道的角落里，黑魆魆地耸立着一尊巨大、古老的圣母像，死去的耶稣横卧在她膝上……

刚一跨出大门，风就吹跑了我的帽子，砭骨的大雪劈头盖脑地扑到我身上，转眼之间，从头到脚都落满了雪。然而深深吸进一口寒冷的空气是多么舒服呀，嚯，舒服极了，顿时感到灌满了风的皮袄变得又薄又轻！有一刹那工夫，我停下来，尽我的目力望着前方……陡地一阵狂风径直朝我脸上卷来，吹得我透不过气，我只来得及望见林间通道上有两三股旋风顺着通道向旷野旋卷而去。松涛声盖过了暴风雪的咆哮声，活像是管风琴的声音。我拼命低下头，踏进齐腰深的积雪，久久地向前走去，自己也不知道是在往哪儿去……

既看不见村子，也看不见树林。但是我知道村子在右边，而米特罗方的那间农舍就在村边波平如镜的沼泽湖旁，现在湖面已被大雪覆盖了。于是我朝右边走去，——久久地、顽强地、痛苦地走着，——突然，透过雪雾，我看到离我两步远的地方，闪烁着一星灯光。有个什么东西迎面扑到我胸上，差点没把我撞翻在地。我弯下身去仔细看了看，原来是我送给米特罗方的那只狗。它在我弯下身去时，打我身边跳走，又悲哀又高兴地猗猗吠着，跑回农舍去，像是要我去看看那里出了事。在农舍的小窗外，雪尘像一片明亮的云在半空中舞旋。灯光从雪堆里射出来，从下面照亮了雪尘。我走进了高高的雪堆，好不容易才挪到窗前，赶紧向里面望去。只见在灯光昏暗的农舍里，窗子下边躺着一具覆盖着白布的长长的尸体。米特罗方的侄子站在桌子前，正低着头，诵念终后祝文。在农舍紧里边，光线虽然更加昏暗，但还是可以看到睡在板床上的女人和孩子们的身影……

二

天亮了。我透过窗扉上一处没有结霜花的玻璃，向外望去，只见树林已面貌大变。变得难以言说的壮丽、安详！

茂密的云杉林披着厚厚一层新雪，而在云杉林上边则是湛蓝的、无涯无际的、温柔得出奇的天空。我们这里只有在天寒地冻的正月的早晨，空中才会有这么明快的色调。而今天这种色调在白皑皑的新雪和绿茸茸的松林的映衬下，益发显得美不胜收。旭日还没有升到松林上空，林间通道仍蒙着一层蓝幽幽的阴影。由林间通道至我家门口的雪地上，清晰地印着两道气势豪放的弧形橇辙，辙中的阴影还完全是碧蓝碧蓝的。可是在松树的树梢上，在它们苍润华滋的桂冠上，金灿灿的阳光已在那儿嬉戏。一棵棵松树犹如一面面神幡，纹丝不动地耸立在深邃的天空下。

兄弟们打城里回来了，把冬晨的朝气带进了屋里。他们在过道里用笤帚扫净毡靴，拍掉皮大衣沉甸甸的领子上的雪，将一蒲包一蒲包采购来的东西搬进屋来，蒲包上沾满了干燥得像面粉一般的雪尘，屋里顿时变得冷森森的，寒冷的空气发出一股金属的气味。

"准有零下四十度！"马车夫扛着一个崭新的蒲包走进来，吃力地说道。他的脸发紫，——从他的声音里可以听出，他的脸已经冻僵了，——他的唇髭、络腮胡子和不挂面的皮袄的领角上都挂着一根根冰箸……

"米特罗方的弟弟来了，"费多西娅把脑袋探进门来，向我禀报说。"要讨些木板做口棺材。"

我走到外屋去见安东。他若无其事地讲给我听米特罗方死了，然后又像谈公事那样把话题转到了木板上。这是一无手足之情呢，还是意志坚强？……我们两人一起走出屋去，台阶上的积雪结了一层冰，靴子踩上去发出咯吱咯吱的响声。我们一边交谈，一边朝板棚走去。朝寒狠狠地压缩着空气，使我们的声音听起来有点儿古怪。每讲一个字就喷出一股哈气，仿佛我们是在抽烟，顷刻之间，睫毛上就结起了一层细如发丝的寒霜。

"嗄，多好的天气啊！"安东在已经晒到太阳的板棚旁站停下来，阳光照得他的眼睛眯成了一条缝，他望着林间通道旁那排茂密得像堵墙壁似的苍翠的松树，望着松树上方深邃明净的天空，说道，"唉，要是明天也是这么个大晴天就好了，可以顺顺当当地落葬了！"

板棚从里到外都上了冻，我们打开了叽嘎作响的大门。安东乒乒乓乓地翻着一块块木板，翻了很久才终于拣中了一块长松板。他使劲把松板往肩上一扛，放放正，说道："我们一家人打心眼里感谢您！"接着，小心翼翼地看着脚下，向板棚外走去。安东那双树皮鞋的脚印活像熊迹。为了适应木板的晃动，他走路时膝部一弯一弯的，而那块在他肩头弯成弓形的、富有弹性的、沉甸甸的木板，则随着他身子的移动，有节奏地晃动着。一直到他走进齐腰深的雪堆，消失在门外后，我还久久地听到他渐渐远去的吱扭吱扭的脚步声。周围就有这么静！两只寒鸦在喜悦地高谈阔论着什么。其中一只忽然俯冲而下，落到一棵亭亭玉立的墨绿色的云杉的树梢上，身子剧烈地晃动着，险些儿失去平衡，——雪尘随即密密麻麻地撒落下来，呈现出霓虹般的色彩，缓缓地落定在地上。寒鸦高兴得格格笑了起来，但立刻就缄口不笑了……太阳已升到松林顶上，林间通道上愈来愈静了……

午饭后，我们去瞻仰米特罗方的遗容。村子已淹没在大雪之中。一幢幢覆盖着雪的洁白的农舍坐落在白雪皑皑的平坦的林中旷地四周。在阳光下，林中旷地闪烁出耀眼的光华，显得异常的舒适和温暖。空中飘荡着烟火气，说明家家户户都在忙着烘烤面包。男孩子们在玩冰块，有的坐在上边，有的拉着跑。好几条狗蹲在农舍的屋顶上……这完全像个洪荒初开时的小村落！一个腰圆膀粗的年轻村妇，穿着一件麻布衬衫，好奇地打门厅里往外张望……傻子巴什卡像个又老又矮的侏儒，戴着顶祖父的帽子，跟在运水雪橇后边走着。在四周结满冰的水桶里，冒着寒气的又黑又臭的水沉重地晃动着，雪橇的滑铁像猪崽那样吱吱地尖叫着……前面就是米特罗方的那幢农舍了。

这幢农舍矮小而又窳陋，从屋外看不出有什么丧事，仍和平日一样充满了日常生活的气息。一副滑雪板靠在通门厅的大门边。门厅里有头母牛一动不动地卧在地上反刍。里屋靠门厅的那堵墙塌陷得很厉害，因此用了很大的力气也没能把门打开。最后，总算把门打开了，农舍那种热烘烘的气味冲着鼻子扑了过来。屋内光线昏暗，几个女人站在炉子旁边，目不转睛地望着死者，同时低声交谈着。死者身上罩着一块白洋布，安卧在这片紧张而肃穆的氛围中，谛听着他的侄子季莫什卡带着哭腔，悲痛欲绝地诵念祝文。

"您可真是个好心人呀！"有个女人感动地说，随即小心翼翼地撩起白洋布，邀请我看死者的遗容。

嗟，米特罗方变得那样的傲岸、庄严！他的小小的头颅显得高傲、宁静和忧伤，紧闭着的双眼深深地塌陷了下去，大鼻子像刀切那样尖削，宽大的胸脯由于临终时未及吐出最后一口气而高高地隆起着，硬得像石头一般，胸脯下边是深深凹陷的肚子，两只好似腊制的大手叠放在肚子上。洁净的衬衫使他益发显得消瘦、枯黄，然而这并不叫人觉得他可怕，反而觉得他相当潇洒。那个女人轻轻地握住他的一只手，——一望而知，这只冰冷的手是沉重的，——把它抬起来，然而又放了下去。可是米特罗方依旧无动于衷，自管全神贯注地倾听着季莫什卡诵念祝文。说不定他甚至知道，今天——他待在这个生于斯、死于斯的村子里的最后一天，是个万里无云的喜气盎然的日子吧？

　　这天的白昼在死一般的寂静中显得十分漫长。太阳缓缓地走近它在太空中的行程的尽头，一抹好似锦缎一般的淡红色余晖已经悄悄地溜进这间半明不暗的陋屋，斜映到死者的额上。当我离开农舍走到户外时，太阳已躲到茂密的云杉林后面那些松树的树干中间，失去了原有的光芒。

　　我又沿着林间通道慢慢地走着。林中旷地上和农舍屋顶上的积雪，宛若堆积如山的白糖，被夕照染成血红的颜色。在林间通道背阴的地方，已可以感觉到随着傍晚的来到天气正在急剧转冷。北半天上，淡青色的天空更加洁净，更加柔和了。在青天的映衬下，如桅杆一般挺拔的松林的线条益发显得纤细有致。一轮团圆的苍白的巨月已从东方升起。晚霞正在渐渐熄灭，月亮越升越高……跟随我走在林间通道上的那只狗，不时跑进云杉林中，随后又从神秘地发出亮光的黑压压的密林中窜出来，浑身滚满了雪，一动不动地呆立在林间通道上，它的清晰的黑影映在洒满月光的林间通道上，也同样一动也不动。月亮已经升到中天……小村子里万籁无声，米特罗方家那盏孤灯怯生生地发出一星红光……东半角上有颗颤栗不已的绿宝石般的大星星，看来它就是上帝宝座脚下的那颗星吧。上帝虽高踞在宝座上，却不露形迹地主宰着这铺满乱琼碎玉的森林世界……

三

　　翌日，米特罗方的灵柩顺着森林之路运往乡里。

　　天气仍像昨天那样冷彻骨髓，空中飘荡着亿万纤巧的霜花，有的呈针形，有的呈十字形，在阳光下暗淡地闪烁着。松林和空中弥漫着薄

226

雾，只有在南方的地平线上，寒空才是清彻而又瓦蓝的。我滑雪去乡里时，一路上雪在滑雪板下尖声地唱着，叫着。我冒着砭骨的寒气，在乡里教堂门口的台阶上等候了很久，最后终于看见在白生生的街道上出现了好些白生生的粗呢大衣和一具用新木板做的白生生的大棺材。我们推开教堂的大门，扑鼻而来的是蜡烛的气味和冷飕飕的寒气。这幢苍白的木头教堂从里到外都上了冻，所以和外边一样冷，圣障和所有的圣像由于蒙上了厚厚一层不透明的寒霜，全都泛出白乎乎的颜色。人们络绎不绝地走进来，教堂里充满了喊喊喳喳的交谈声、橐橐的脚步声和喷出来的哈气。米特罗方那具上宽下窄的沉甸甸的棺材抬了进来，放在地上，这时一位神父开始用伤了风的嗓子急促地唪读起经文和唱起圣诗来。棺材上方萦绕着一缕缕湿漉漉的淡青色的烟气，从棺材里吓人地露出尖尖的褐色的鼻子和裹着绦带①的前额。神父提着的香炉里几乎空空如也，一丁点儿廉价的神香搁在云杉木的炭火上，散发出一股松明的气味。神父用一方头巾包没了两只耳朵，脚上穿一双宽大的毡靴，身上着一件庄稼汉的短皮袄，外面罩着一件旧祭服。他和一名诵经士一起，只用了半个小时就急匆匆地做完了追思弥撒，只有在唱《望主赐伊永安》时才放慢了速度，竭力使自己的声音增添些感人的色彩：喟叹人生空幻，如浮云易散，欢唱会友在历尽人世的磨难后，终于转入永生之门，"信徒靠主永享安宁"。就在这袅袅不绝的圣诗声的送别下，装殓着冰冻了的死者的棺材抬出了教堂，顺着街道运到了乡镇外边的小山冈上，放进了一个不深的圹穴，然后用结了冰的粘土和雪将它堆没。在把一棵小云杉栽入雪中后，冻得哼哼直喘的人们，有的步行，有的乘车，急急忙忙四散回家了。

　　这时，深邃的寂静复又主宰着林中的这个空旷的小山冈，山冈上的雪堆里疏疏落落地戳起着几个低低的木十字架。无数状似芒刺的霜花在空中无声无息地盘旋。在头顶上很高很高的地方隐隐地响着一种受到抑制的暗哑、深远的隆隆声；凡是隐蔽在崇山峻岭后边的海洋，一到傍晚就会发出这种喧声，并越过山峦，把这声音送往远处。桅杆一般挺拔的

---

　　①　俄俗，举行葬礼时在死者额上裹一条缎子做的或纸做的带子，上面绘着耶稣、圣母、约翰的像，并书以经文。

松树，用土红色的树干高高地托起绿盈盈的树冠，从三面密密层层地围住了小山冈。在山麓的低地上，是大片大片碧绿的云杉林。那座填进去了不少雪的长方形的新坟就横在我脚边的斜坡上。这坟茔忽而使人觉得不过是普普通通的一抔黄土，忽而又使人觉得它非同寻常——既有思想又有知觉。我凝望着它，良久地尽力想探究只有上帝才洞悉的无从探究的奥秘：人世为什么这样虚幻而同时又这样令人留恋。后来，我使劲地蹬着滑雪板，向山下滑去。一团团冷得灼人的雪尘向我迎面扑来，像处子一般洁白的蓬松松的山坡上，均匀、优美地留下了两条平行的长痕。我冲抵山下时，没能站稳，跌倒在绿得出奇的茂密的云杉林中，衣袖里灌满了雪。我像蛇行似地在云杉林中飞快地滑行着，身子不时擦着树身。穿着丧服的喜鹊喊喊喳喳地尖叫着，戏谑地摇晃着身子，飞过云杉林去。时间一分钟一分钟地流逝，我始终从容不迫地、灵活地滑行着。我已经什么都不愿意去想了。新雪和针叶吐出似有若无的幽香，我为自己能同这雪、这树林，以及林中那些喜爱啃食云杉的嫩枝的兔子这么接近而满心喜悦……天空渐渐被白茫茫的烟霞遮蔽，预示将有很长一段时间的好天气……远处隐约可闻的松涛正在婉约地、不停口地谈论着某种庄严、永恒的生命……

（戴骢 任重 译）

1945 年诺贝尔文学奖获得者

米斯特拉尔

（Gabriela Mistral，1889—1957）

　　智利女诗人，生于首都圣地亚哥市以北的维库那镇。进短期训练班学习，后任教师、教务主任、校长等职。并被任命驻外代表，任驻意大利、西班牙、美国等地领事。

　　"因为她那富于强烈感情的抒情诗歌，使她的名字成为整个拉丁美洲的理想的象征"，获诺贝尔文学奖。她是拉丁美洲第一位获得该奖的诗人。

摇 啊 摇

〔智利〕米斯特拉尔

大海摇着它的千重浪
奇妙无比。
听着爱的涛声
我摇着自己的小宝宝。

夜晚，漂泊不定的风儿
摇着麦子。
听着爱的风声
我摇着自己的小宝宝。

上帝摇着他的万千世界
悄然无声
感觉到他的手就在暗影里
我摇着自己的小宝宝。

（李捷　译）

小 羊 羔

〔智利〕米斯特拉尔

我的小羊羔，
温顺安静的小羊羔：
我的胸膛是你
毛绒绒布满了苔藓的山洞。

月亮上载下的
小白肉：
为了摇你入梦
我将一切都置之度外。

我忘记了整个世界
除了托你入梦的
跳动的胸膛
我感受不到自己的存在。

至于我自己我只知道
你倚靠在我的身上。
你的欢乐，孩子，
令所有的节日黯然失色。

（李捷　译）

儿子回来了

〔智利〕米斯特拉尔

沙丘的沙，
芦苇的花，
瀑布飞溅的水珠，
一齐落到熟睡的
儿子的面颊……

落下的一切
都是梦，
落到他的背上，
落到他的口中，
偷走了他的身躯，
偷走了他的心灵。

它们多么狡猾，
渐渐儿遮住他，
夜里失去了儿子，
我变得一无所有，
成了失去光明的、
被偷窃的妈妈。
神圣的太阳

终于又将他照亮：
把儿子还给了我，
像鲜艳的水果一样，
完美元缺地
放在我的裙子上！

（赵振江　译）

山

〔智利〕米斯特拉尔

宝贝啊，将来你会把羊群
赶到山坡上。
可现在我却要把你
驮上脊梁。

黑暗、阴沉的山峰
像发怒的女人一样，
它一向孤苦伶仃地生活，
对我们却爱恋慈祥。
它在向我们招手，
叫我们攀登而上……

宝贝，我们一起登攀，
橡树、桷树满山。
风吹草儿摇摆，
山在起舞蹁跹，
妈妈挥动手臂，
为你分开荆棘团团……
俯瞰平原，茫茫一片，
河流、房屋皆不见，
可妈妈会爬山，

失去了大地，也会平安。

云雾飘飘，像破碎的布片，
将世界涂得模糊不堪。
我们不停地登攀，
直到你畏缩不前，心惊胆战，
从高耸的公牛峰
谁也回不到平原。

太阳像野雉，
一跳便跃过这高山，
转瞬间沐浴朦胧的大地，
像鲜艳的水果
渐渐露出圆圆的俏脸……

（赵振江　译）

家

〔智利〕米斯特拉尔

孩子，餐桌已摆好，
像乳酪一样洁白，
四周蓝色的墙壁，
陶器放光彩。
这是油，那是盐，
几乎会说话的面包在中间
面包金黄，
比黄金还漂亮，
胜过水果和金雀花，
这麦穗和烤炉的芳香
使人总想品尝。
孩子，让我们一起
用坚硬的手指和柔软的手掌
将它分开，
你望着它，会感到惊讶：
黑色的土地竟开出了雪白的香花！

你将吃饭的手放下，
妈妈也放下。
宝宝啊，要知道：
麦粒是空气，阳光和耕耘

凝成的精华，

可是这"上帝的脸庞"①

并不光临每一户人家；

如果别的孩子没有，

你也别动它，

手会感到羞耻，

最好别去拿。

孩子，生着鬼脸的饥饿

使禾堆旋转，

驼背的饥饿和面包

互相寻觅，却相见无缘。

如果它现在进来，

为了它能找见，

我们将面包留到明天；

点燃的火光是门的标志，

克丘阿人②从来不关，

让我们看着它吃掉面包，

好睡得自在、香甜！

（赵振江　译）

---

① 在智利，人们管面包叫作"上帝的脸庞"。——原注

② 克丘阿人是印第安人的一支，主要居住在秘鲁和玻利维亚。

对星星的诺言

〔智利〕米斯特拉尔

星星睁着小眼睛，
挂在黑丝绒上亮晶晶：
你们从上往下望，
　　看我可纯真？

星星睁着小眼睛，
嵌在宁静的天空闪闪亮，
你们在高处
　　说我可善良？

星星睁着小眼睛，
睫毛眨个不停，
你们为什么有这么多颜色，
　　有蓝、有红，还有紫？

好奇的小眼睛，
彻夜睁着不睡眠，
玫瑰色的黎明
　　为什么要抹掉你们？

星星的小眼睛，

洒下泪滴或露珠。

你们在上面抖个不停，

　　是不是因为寒冷？

星星的小眼睛，

我向你们保证：

你们瞅着我，

　　我永远、永远纯真。

（王永年　译）

小 工 人

〔智利〕米斯特拉尔

妈妈，如果我长大成人，
嘿，你瞧我会是个壮汉。
我双臂会将你举起，
好似风儿吹刮麦田。

你曾为我缝织褓褓，
我要为你筑起住房。
要是我来铸造钢梁，
保证会固若金汤。

你的孩子，你的泰坦①
为你造的房屋多么漂亮，
屋檐下的荫凉
也会使你神怡心旷。

我要为你浇灌一片果园，
果儿香气扑脸。
把它们挂满你的裙子；

---

① 泰坦是希腊神话中力大无比的巨神。

花一般柔丽，蜜一般甜香。
也许最好是为你织一面壁毯，
编织出郁金香的图案，
或者是凿那么一对磨盘，
边为你歌唱，边为你磨面。

啊，你的小伙子多么快乐，
无论在炼铁炉边，守着风磨，
在海上，还是干着杂活，
都在引吭高歌。

我这双手
将打开窗子一扇又一扇；
收获的庄稼一捆又一捆，
让你数也数不完……

你曾用红色粉笔
教我懂得开创，
并且在你的歌子里
给予我整个的山谷和海洋……

啊！你的孩子会干得那么漂亮，
将把你放在
麦浪之间，
稻谷垛上……

（陈光孚　译）

发　现

〔智利〕米斯特拉尔

去田野的路上
我发现了这个孩子：
我看到他睡在
几支麦穗上……

也或许是
穿越葡萄园的时候：
当我正寻找葡萄叶
碰着了他的小脸蛋……

所以我害怕，
一旦我睡着了，
他会，如同园里的冰霜
蒸发掉……

（李捷　译）

迷 人

〔智利〕 米斯特拉尔

小宝宝使人着迷，
像风儿一样精细，
我全然没有感觉，
他梦中把奶吮吸。
他比小河调皮，
他比山坡柔软，
虽然他生在世上，
却胜过整个人间。

小宝宝多么富有，
胜过了大地和天空，
我的胸是他的貂皮
我的歌是他的天鹅绒……
他身躯多么纤小，
就如同我的麦粒；
比他的梦还轻盈
不觉得和他在一起。

(赵振江 译)

小 花 蕾

〔智利〕米斯特拉尔

有个小小的花蕾，
紧贴我的心房。
洁白而又小巧，
像稻米粒儿一样。

在炙热的时刻，
我为她遮蔽阳光。
有个小小的花蕾
紧贴我的心房。

她长啊又长，
比我的影子还长。
高得像一棵树，
前额似太阳。

她不断地长高，
充满了我的怀抱，
沿着道路而去，
像潺潺的小溪奔跑……

为了安慰悲伤，
失去她，我依然歌唱：
"有个小小的花蕾
紧贴我的心房！"

（赵振江　译）

我们在哪里围成圈

〔智利〕米斯特拉尔

我们在哪儿围成圈?
在海边围成圈。
海洋千层波浪在跳舞,
组成桔花色的千条辫。

在山脚下围成圈?
山峦会告诉我们,
全体岩石都高兴,
为我们唱支歌!

最好是不是在树林?
孩子的歌声和鸟鸣,
声音和声音相交融,
在风中交响多动听。

我们的圈儿大无边,
围起森林,
穿过山脚,
穿过所有的海边!

(陈孟 译)

雏 菊

〔智利〕米斯特拉尔

十二月的天空多么晴朗，
泉水喷涌多么美妙，
草儿在摇晃，呼唤着我们，
到山丘上去围个圈儿做操。

母亲们在山谷下张望，
目光穿过丛丛野草，
看见一朵大雏菊，
这就是我们围的圈子。

欢乐的雏菊，
时而弯腰，时而直立，
时而开放，时而合闭，
这就是我们的圈子。

今天山下开了玫瑰花，
石竹花也散发了芳香，
山谷下又降生了一只小羊，
可我们照样在山丘上游戏围圈。

（陈孟 译）

一切都是龙达

〔智利〕米斯特拉尔

星星是男孩子们的龙达①,
他们在捉迷藏……
麦苗是女孩子们的龙达,
在玩飘荡……飘荡……

河流是男孩子们的龙达,
他们在玩"奔向海洋"……
波浪是女孩子们的龙达,
在玩"拥抱大地的胸膛"……

(赵振江 译)

---

① 龙达是孩子们的一种游戏,围成圆圈儿,边唱边舞。

空 气

〔智利〕米斯特拉尔

他飘然而去，又滞留徘徊，
他是空气，他是空气。
虽然你看不见慈父的嘴唇，
却享受着他的拥抱和亲吻。
哎呀！我们扯破了他又未曾扯破他，
受伤的他在空中无怨地飞翔，
他似乎将一切带走，
又将一切留下，
因为空气它很善良……

（唐丽颖 译）

水

〔智利〕米斯特拉尔

那天带你一起去看水，
你好害怕呀，我的小宝贝！
当所有的恐惧度过之后，
迎来的是纷扬的瀑布下的陶醉！
水宛若女人，
不停地落呀、落呀，
用激起的泡沫织一块
婴儿垫布，如此痴迷。
她便是水，她便是水，
是打此路过的圣女。
她低身一路跑来
打着水花频频示意。
她时而靠近时而远离。
她要携去路经的田野，
携去孩子和母亲……

她是两岸的饮水之源，
渴之神在这里大口大口地解馋。
还有成群、成对的猪马牛羊，
但是爱之水啊，她永流不干！

（唐丽颖　译）

光

〔智利〕米斯特拉尔

光，在空气里穿行，
是它让我把你看清。
如果没有它，孩子，
爱你的一切
便将无法把你欣赏；
他们将在暗夜里四处寻觅，
伴着声声哀叹，
始终不知你身在何地。

光，不停地移动、变化，
无休无止，无穷无尽。
——爱这个世界——
这是我们的信仰，
然而我们的爱
却在洒下的光的身上。

在你出生的时候，
福光女神欲抱你而去。
当死亡来临
迫使我撇下你的时候，
追随她，孩子，
就像追随你的母亲！

（唐丽颖　译）

彩　虹

〔智利〕米斯特拉尔

彩虹桥
展身向你招手，
七色马车
载着魂儿，
沿着山峦的角峰
将它们依次送入青冥……

隐没的桥重新显现，
是为了把你召唤。
它向你亮出脊背、伸出手，
如同桥身是盘结的绳索。
你向它使劲地挥动手臂，
好似欢跳的鱼儿在水里……

哎呀！不要左顾右盼，
因为你会突然记起，
抓住彩虹
这棵不折的柳树
你将一路走去，走过青绿，
橙黄、绛紫……

你吮吸过我们的乳汁，
玛莉娅或埃娃就是你的母亲；
小草是你的玩伴，
你在门前与它们嬉戏；
你走进人们的家庭。
讲着与我们同样的语言
要面包，要食品。

背过脸去，别看那座桥！
随它断去吧，随它去。
如果你要上去，
我就会发疯似地出走，
追随你走遍整个大地！

（唐丽颖　译）

蝴　蝶

〔智利〕米斯特拉尔

木索山谷应改称婚礼山谷，
宽大的蓝色蝴蝶啊，孩子，
在那里遍地飞舞！
平展展的山谷泛着蓝色
在闹动的午后，
成群的彩蝶如山似树
熠熠生辉，飞旋流动。
我所讲述的这片山谷，
宛若落叶中的蓝色蓟地，
它抖落掉振翅风中的蝴蝶，
似脱非脱，似弃非弃。

在如此浓重的蓝色里，
姑娘们几乎辨不清菠萝和蜜桔，
她们头晕眼花地走开，
到落满蝴蝶的秋千上去游戏。
成对的耕牛经过，
头轭扇起簇簇火团。
友人邂逅
眼中的对方轻盈、幽蓝。
彼此拥抱，欢乐而兴奋，

因为面前站着似是似非的故人……

炎炎烈日，别号烧毁一切，
它能使大地灼伤，
却无力戕害蝴蝶。
人们出来捕捉它们，
网内闪过一道道断光，
随即胜利之手荣耀地
伸进那躁动不安的网。

让我的嘴里起火，
如果我讲述的只是个神话；
奇迹就在那里一遍遍重复，
在那一片天空，人们叫它哥伦比亚。
讲啊，讲啊，我渐渐陶醉了，
我看到各种蓝色，孩子，
你身上的衣服，
我蓝色的呼吸和裙裾，
我已经看不到了其他事物……

（唐丽颖　译）

菠　萝

〔智利〕米斯特拉尔

走上去，别胆寒，
虽然菠萝佩带着宝剑……
降生时母亲已把她武装，
因为它未来的生活在田间……

削砍的刀声响起，
巾帼的头颅已断，
数把短刀在手的威慑
一下子荡然不见。

盘子里渐渐堆落下
长裙的所有围边，
那是金色的塔夫绸，
是莎巴女王①拖在身后的锦缎。

可怜的女王被你嚼碎，
嘎吱嘎吱的声响发于齿间。
而我的手臂和银刀上
仍可见汁液涟涟……

（唐丽颖　译）

---

① 莎巴女王：古代阿拉伯女王。

空 核 桃

〔智利〕 米斯特拉尔

一

你把玩的
那只空核桃，
从树上落下
不见地之怀抱。

我从牧草间拾起它，
它不知我为何人。
被抛向天空，
它眼瞎看不到苍穹。
握着这枚空核桃
我在菜畦间起舞，
它耳聋听不到
母马奔跑时的脚步……
你不要翻动它，
让它的夜拍它沉睡。
当春天渐渐来到，
再劈开它的硬壳。
上帝创造的世界，
你向它拓展，
同时叫出它的名字，

也把大地呼唤。

二

但是他劈开了它
不愿等待，
只见从空的核桃里，
散落出一堆碎屑；
手上沾满了
黑的死灭，
他为它哭泣、落泪，
哀痛延续了整整一夜……

三

我们来埋葬它
在几株小草的下面，
在春天来临以前。
千万别让敏锐的上帝
在过路时看见，
别让他的手触摸到
埋葬在地下的尸骸。

（唐丽颖　译）

爱 抚

〔智利〕米斯特拉尔

妈妈，妈妈，吻吻我吧，
我要更多地吻你，
直吻得
你看不见别的东西……

蜜蜂钻进百合里，
花儿不觉得它鼓动双翼。
当你把儿子藏起，
同样听不见他的呼吸……

我不停地注视着你，
一点也没有倦意，
你眼里出现一个小孩，
他长得多么美丽……

你看到的一切，
宛如一座池塘；
但只有你的儿子，
映在秋波上。

你给我的眼睛，

我要尽情地使用，

永远注视着你，

无论在山谷、海洋、天空……

（赵振江　译）

甜　蜜

〔智利〕米斯特拉尔

亲爱的妈妈，
温柔的妈妈，
让我对你说句
最甜蜜的话。
我的身体属于你，
和你连在一起。
你将他包裹好，
放在怀抱里。

我像露水珠，
你就像叶片，
狂喜的双臂上，
随我荡秋千。
你是我的世界，
亲爱的妈妈，
让我对你说句
最甜蜜的话……

（赵振江　译）

土　地

〔智利〕米斯特拉尔

印第安的孩子，你如果累了
就躺在土地上吧，
要是你高兴
我的孩子，就和土地滚在一起玩吧。
随着印第安的鼓声，
你会附耳听到土地传来奇妙的声音：
火苗呼啦呼啦地响，
不知疲倦地冲向天空，
哗哗的河流，
瀑布般汹涌，
动物的哞叫，
斧子吞吃着森林，
印第安人织布机嘎吱响，
打谷机在庆丰收。

哪里有印第安人在呼唤，
哪里就有印第安的鼓声，
忽远，忽近，
像是逃走了又临近……
土地以它神圣的脊梁，
背着一切，驮着一切：

人们在上面走路、睡觉，
在上面悲愁，在上面欢跳，
它包容着活人，也包容着尸首，
大地上响起印第安的鼓声。

当我死去的时候，
孩子你不要哭泣，
把你的胸紧贴在土地的胸脯上，
不受外界干扰，
屏住你的呼吸，
你便会听见它的脉搏，
将我举起，呈现给你，
你的母亲虽已腐烂，
可你看到的则完整无比。

（陈孟　译）

断指的小姑娘

〔智利〕米斯特拉尔

我的手指捞到一颗蛤蜊，
蛤蜊掉进沙子里，
沙子被大海吞没，
捕鲸人将蛤蜊打捞起，
他到了直布罗陀海峡，
渔民们正在唱小曲：
"陆地上的稀罕，
我们从海里捞到，
一个小姑娘的指头，
谁丢了到这里来找！"

派只船去给我把它装，
派船还要给我派船长，
派船长还要拨钱饷，
我要一座城市最相当：
有船有塔有广场；
要数马赛最理想，
但它还不算最漂亮，
只因有个小姑娘，
手指头掉进大海洋，
捕鲸人高声把歌唱，
等待在直布罗陀海峡上……

（赵振江　译）

摇　篮

〔智利〕米斯特拉尔

木匠啊，木匠，
为宝宝做个摇篮，
快快把树砍，
我等得焦躁不安。

木匠啊，木匠，
把松树滑下山坡，
再砍下枝条，
柔软似心窝。

黑黝黝的木匠，
你也有过童年。
带着母亲的回忆，
精心做摇篮。

木匠啊，木匠，
当我对宝宝耳语，
你的儿子也正酣睡，
脸上笑眯眯……

（赵振江　译）

露　珠

〔智利〕米斯特拉尔

这是一朵玫瑰
露水压弯了它：
这是我的胸膛
托着我的孩子。

玫瑰合起叶子
以拢住露珠
她避开风袭
让水珠不致滑落。

因为露珠是从
无垠的天空降下来：
也许玫瑰能保有
天空的气息。

玫瑰无比幸福
她低头不语：
玫瑰之中，谁也不曾
如此陶醉。

这是一朵玫瑰
露水压弯了它：
这是我的胸膛
托着我的孩子。

（李捷　译）

我不孤单

〔智利〕米斯特拉尔

夜晚是孤零零的
从群山一直到大海，
可是我，摇你入睡的人，
我不孤单！

天空会是孤零零的
如果月亮沉入大海。
可是，抱紧你的人，
我不孤单！

世界是孤零零的
生活如此悲苦。
可是我，拥着你的人，
我不孤单！

（李捷　译）

悲伤的母亲

〔智利〕米斯特拉尔

睡吧，睡吧，我的小心肝，
别惊慌，别害怕，
即使我的灵魂没有入睡，
即使我无法休息。

睡吧，睡吧，
夜里愿你，
比草叶更悄无声息，
比小羊毛还要轻柔。

愿我的肉体在你身上睡去，
还有我的惊惶和恐惧。
我的双眼在你那里合上；
愿我的心在你身上安睡！

（李捷　译）

苦　歌

〔智利〕米斯特拉尔

来呀！孩子，我们来玩
国王和王后的游戏！

这绿色的田野是你的。
它还能是谁的呢？
苜蓿波浪起伏
那是为了你而摇摆。

这山谷全是你的。
它还能是谁的呢？
为了让我们尽情享受
苹果变得似蜜甜。

（唉！你根本没有像
小耶稣那样战栗
你母亲的乳房也
并未因苦难而干涸！）

羊儿在丰盈着
我将要纺织的羊毛。
这些羊都是你的。

它们还能是谁的呢?

牲畜棚里的奶
奔流在羊儿的胸膛,
还有成捆的庄稼
除了你,还能是谁的呢?

唉!你根本没有像
小耶稣那样战栗
你母亲的乳房也
并未因苦难而干涸!

对!孩子,让我们来玩
国王和王后的游戏!

(李捷　译)

温 柔

〔智利〕米斯特拉尔

当我为你歌唱，
世上丑恶便消亡：
在你脑中一切都如此甜蜜：
不管是茅屋还是长满刺的灌木林。

当我为你歌唱，
残忍不复存在：
狮子和豺狼也
如你的眼睑一样温柔！

（李捷 译）

你拥有我

〔智利〕米斯特拉尔

睡吧，孩子，
笑着睡吧，
是满天星斗
缓缓摇你入梦。

你享受光芒
幸福无比。
拥有了我
你就拥有了美好的一切。

睡吧，孩子，
笑着睡吧，
是慈爱的大地
缓缓摇你入梦。

你注视着灼人的
火红玫瑰
你抱紧整个世界：
也把我紧紧揽入怀中。

睡吧，孩子，

笑着睡吧，

是上帝在悄悄地

摇你入梦。

（李捷　译）

靠 紧 我

〔智利〕米斯特拉尔

和我血肉相连的小羊毛，
我在腹中把你编织，
怕冷的小羊毛，
靠紧我，睡吧！

鹧鸪栖息在三叶草上
听着那草叶的搏动：
愿我的呼吸不会搅扰你，
靠紧我，睡吧！

颤抖的小草
惊讶于生命的神奇，
别离开我的胸膛，
靠紧我，睡吧！

我什么都失去了
现在真害怕睡去。
别从我的臂膀中滑脱，
靠紧我，睡吧！

（李捷 译）

玉米之歌

〔智利〕米斯特拉尔

玉米在风中歌唱，
充满了绿色的希望。
它们在三十天中成长，
喃喃声是一片颂扬。
在愉快的高原上，
玉米地一直伸展到天边，
它们在风中歌唱，
抬起了无数张笑脸。

玉米在风中呻吟，
成熟得可以进仓，
它们的须发变得焦黄，
结实的外壳已经开绽。
胀痛的呻吟，
充满了干枯的大氅。
玉米敞开衣襟，
在风中歌唱。
一根根玉米穗子，
像是一个个小姑娘，
挂在玉米杆上摇晃，
安稳地过了十个星期。

头上长着金黄的柔发，
仿佛初生的婴孩。
叶子像母亲那么慈爱，
替她们挡住露水。

穗轴像孩子，
躺在玉米皮里，
露出两千颗金黄牙齿，
傻呵呵地直笑。
一根根玉米穗子，
像是一个个小姑娘。
挂在母亲般的玉米杆上，
安安稳稳地摇晃。

玉米在谷仓里休息，
不声不响地睡熟。
她们在梦中瞧见，
一片刚诞生的玉米地。

（雷怡　译）

277

小 红 帽

〔智利〕米斯特拉尔

小红帽①姑娘，要把外婆看，
她住在邻村，生病受煎熬。
小红帽姑娘，金黄的发辫，
心灵多美好，像蜜一样甜。

当她上路时，东方才亮天，
穿过小树林，步伐多矫健。
碰上狼大人，一双妖怪眼：
"小红帽姑娘，你要去哪边？"

纯真的小姑娘，洁白的百合花：
"外婆生了病，糕点送给她。
还有沙锅肉，汁液喷喷香，
可认识邻村？她住在村口上。"

穿越小树林，心儿多欢畅，
采着果儿红，掐着花儿香。
追着蝴蝶儿，忘了途中的狼……

————————

① 这是根据法国作家佩罗的同名童话故事改写的。

白牙的大恶狼，绕过老磨坊，
过了小树林，又过了小山冈。
外婆门寂静，敲得梆梆响，
门儿开开了——它装成了小姑娘。

这个野畜生，三天没合牙，
外婆身残弱，有谁保护她！
它笑着全吃掉，不慌又不忙，
然后将衣裳，自己穿身上。

姑娘细嫩的手，来敲半掩的门。
凌乱的床铺上，狼问"什么人？"
声音很嘶哑，像外婆病在身——
姑娘天真地想——"娘叫我来看您。"

姑娘进来了，浑身野果香。
手上的花枝儿，来回摆得忙。
"把点心放一旁，先给我暖暖床。"
善良的小红帽，信了迷人的谎。

小小的帽檐下，大耳朵露一双，
姑娘天真地问："为啥这样长？"
骗人的大恶狼，抱住小姑娘：
"长得这样长，听话多便当。"

柔软的小身体，馋得它直瞪眼。
姑娘多害怕，狼也把心担，
"外婆告诉我，怎么有那么大的眼？"
"为更好地把你看，我的小心肝……"

然后老狼笑，漆黑的嘴一张，

白色的大牙齿，闪着可怕的光。
"外婆告诉我，牙为啥这样长？"
"我的小心肝，为了吃你吃得香……"

那野兽缩成团，在粗糙的毛下面，
小姑娘浑身抖，像羊毛一样软。
她的骨和肉，全被狼嚼烂，
心儿像樱桃，也被狼榨干……

（赵振江　译）

忧　虑

〔智利〕米斯特拉尔

我不希望他们
把我女儿变成一只燕子；
在天空中恣意飞翔
不再落回我的榻上；
她在房檐下做窝
而我的手不能为她梳妆。
我不希望他们
把我女儿变成一只燕子。

我不希望他们
把我女儿变成一位公主。
穿着小小的金鞋子，
还怎么在大草原上玩耍？
当夜晚来临
不再睡我身旁……
我不希望他们
把我女儿变成一位公主。
我更不喜欢有一天
他们把她变成一位女王。
送她上王座

那是我双脚不能到达的地方。
当夜晚来临我将无法摇她入睡……
我不希望他们
把我女儿变成一位女王！

（李捷　译）

智利的土地

〔智利〕米斯特拉尔

我们在智利的土地上舞蹈，
她比丽娅和拉盖尔①还漂亮。
这块土地哺育的人，
嘴上和胸中都没有悲伤……

比果园更翠绿的土地，
比庄稼更金黄的土地，
比葡萄更火红的土地，
踩上去多么甜蜜！

她的泥土装点了我们的面颊，
她的河流汇成了我们的欢笑，
她吻着孩子们跳舞的双脚，
像母亲在轻轻地喊叫。

因为她美丽，
我们愿她的草地纯洁晶莹；
因为她自由，

---

① 丽娅和拉盖尔都是《圣经》中的人物。

我们愿她的脸上洋溢着歌声……

明天我们将开发她的荒山，
把她变成果园。
明天我们将建起她的村落，
可今日只想狂欢！

（赵振江　译）

工人的手

〔智利〕米斯特拉尔

粗硬的手啊，
长满了皱纹鳞片，
像粪土一样黝黑，
像烧焦了的蝾螈，
可它是多么美丽啊
举起时轻松
放下时疲倦。

将泥土揉碎，
将石块翻转，
系好大麻的纤维，
理清紊乱的棉团。
世人对它看不上眼，
只有神奇的大地将它赞叹。

既像铁锤，又像钢锹，
它的灵魂却极不平凡；
有时在疯狂的轮子上面，
像蜥蜴被切成碎片。
犹如挺拔的大树，
枝条被砍断。

我听到它使织布机运转，
看到它在炉内经受煅炼，
铁砧使它半开，
麦流使它握拳。

我看到它在矿井口外，
在蓝色的采石场边。
它为我划船荡桨
与恶浪周旋；
为我掘墓恰到好处，
尽管未量我的身长肩宽……

每年夏天，它织布纺线，
它织的亚麻布，清新似水面。
然后将棉花和羊毛
进行梳理、轧弹；
在儿童和英雄的服装上
显示它的才干。

它们都安睡在
材料和标记堆旁边。
天神将它们抚摩，
星宿将它们照看。
它们怎能入睡！
继续将甘蔗粉碎或将土地深翻。
耶稣将它们捧在自己的手里
直到霞光满天！

（赵振江　译）

乌拉圭麦穗

〔智利〕米斯特拉尔

迎着一月的阳光
麦穗结粒灌浆，
个个像闭合的眼睛、合拢的手指
一层雾气蒙在穗上。

结粒是如此迅猛
似乎能听到咔咔的声响，
连我的手也感到这种声音，
不得不俯身细心聆听。

十个星期过后，粒粒饱满充盈
硬得像矿里的块铜，
水分蒸发，雾气腾腾
在阳光下迅速挥发，无影无踪。

即便你是个女孩子
麦粒猛长的声音也不会使你害怕，
但是它们爆裂的声响
却使我胆战心惊。

因为死亡要把他们撕毁
只剩下牙床般的空壳，
随着死亡的风儿飘散
可怜的麦穗。

（陈孟　译）

大树之歌

〔智利〕米斯特拉尔

啊，大树，我的兄弟，
棕褐色的根子深深地伸到地里，
仰着洁净的额头
热切地向往着高高的天际。

孤独地栖居在这贫瘠之地
吸吮着微薄微薄的养分，是泥土把我哺育，
但愿我永远保持着记忆
莫要忘记土地就是我的母亲。

用枝叶繁茂的荫伞，
用记载生命的年轮，
对过路的每一位行人
表达友爱之情。

在生活的广漠原野
但愿我也和你一样
如果也能为他人发光发热
作为人，我将感到幸福高尚。

你是那么孜孜不倦

成果多得惊人，
苹果红得娇艳
栋梁之材到处可见，
香气溢向四方
绿叶供人乘凉；

树胶柔软透明
用途奇妙绝伦，
枝头迎风俯首，
叶轮婉转低吟。

但愿我也和你一样
热情，豪放，
胸怀如此宽广
把宇宙容纳包藏。

摇曳千姿百态
从不疲倦懈怠，
精力充沛，韧性不息
永不枯竭，永不老迈。

生命的脉搏
规律、安详
从不为时代的狂热
耗去自己的力量。

我也要如此肃穆端庄，
像久经世故的男人一样，
庄严得犹如希腊石雕
不轻举妄动，处世坦荡。

温柔，善良
又像女人的心肠。
婆娑的枝头
怀抱着多少生命的子房。

你为世人造福
为世人遮盖炎凉，
而在这人世的茫茫森林之中
却找不到任何枝头来遮蔽严霜。

你所到之处
充满爱的力量，
护佑别人的责任感
永远是那么激扬。

但愿我待人处世也如此爽朗
不管是童年、老年、快乐或忧伤，

让永恒不变的博爱
像花朵，常年开放在我的心上。

（陈光孚　译）

玫瑰树根

〔智利〕米斯特拉尔

地下同地上一样，有生命，有一群懂得爱和憎的生物。

那里有黢黑的蠕虫，黑色绳索似的植物根，颤动的亚麻纤维似的地下水的细流。

据说还有别的：身材比晚香玉高不了多少的土地神，满脸胡子，弯腰曲背。

有一天，细流遇到玫瑰树根，说了下面的一番话：

"树根邻居，像你这么丑的，我从来没有见过呢。谁见了你都会说，准是一头猴子把它的长尾巴插在地里，扔下不管，径自走了。看来你想模仿蚯蚓，但是没有学会它优美圆润的动作，只学会了喝我的蓝色汁液。我一碰上你，就被你喝掉一半。丑八怪，你说，你这是干什么？"

卑贱的树根说：

"不错，细流兄弟，在你眼里我当然没有模样。长期和泥土接触，使我浑身灰褐；过度劳累，使我变了形，正如变形的工人胳臂一样。我也是工人，我替我身体见到阳光的延伸部分干活。我从你那里吸取了汁液，就是输送给她的，让她新鲜娇艳；你离开以后，我就到远处去寻觅维持生命的汁液。细流兄弟，总有一天，你会到太阳照耀的地方。那时候，你去看看我的日光下的部分是多么美丽。"

细流并不相信，但是出于谨慎，没有作声，暗忖道，等着瞧吧。

当他颤动的身躯逐渐长大，到了亮光下时，他干的第一件事就是去寻找树根所说的延伸部分。

天哪！他看到了什么呀。

到处是一派明媚的春光，树根扎下去的地方，一株玫瑰把土地装点得分外美丽。

沉甸甸的花朵挂在枝条上，在空气中散发着甜香和一种幽秘的魅力。

成渠的流水沉思地流过鲜花盛开的草地：

"天哪，想不到丑陋的树根竟然延伸出美丽！……"

（佚名　译）

墨西哥素描

〔智利〕米斯特拉尔

巨人柱①

巨人柱像是贫瘠的呼声，像是干旱土地的干渴的舌头。即便是在灌区的平原上，他也是寡欢的植物。他那固执的肃穆宛如全神贯注的痛苦。

巨人柱形如蜡炬，又如挺直的臂膀，于是便具有了人性。他孤独地挺立着，如同瘦骨如柴的苦行者，在平原上修行。巨人柱四侧的沟痕使他显得更加完美和谐。

他绝非幸运的植物——例如翠竹或白杨，他们的枝叶像是"大地的欢笑"。巨人柱可不具备会抖动的活生生的树叶，树干上更没有由树枝形成的适合小鸟筑巢的温情的三角形树杈。

由于酷热，他那碧绿的颜色，只是在顶端才稍稍有些发白。他的果实就是殷红的碧达雅。

巨人柱具有修道院式的自愿的淡漠，他冷峻地面对天空，空中飘过悠悠白云。

他孤独耸立时具有高贵气质，组成长长的篱笆时便显得丑陋，带着家仆的悲伤，路上的尘埃把他染白。

然而他甘于奉献，使我不禁亲切地看待他。他守卫着印第安人的菜

① 巨人柱是墨西哥常见的一种巨型仙人掌，高达十几米。由于其形状像教堂里的管风琴，墨西哥人称之为"管风琴"。

园，那古老的阿斯特卡人的地产。他们簇拥着，排成小小的方阵，为这不幸的种族守卫着小块土地，可从前这些人是整个大地的主人，而现在，他们只有太阳——他们的上帝，还有阵阵清风——羽蛇①的气息。

顽强的巨人柱，坚忍的巨人柱，捍卫你那古老的印第安兄弟吧！他们是那样温和，连敌人也不会去伤害，他们是那样孤独，正像一支巨人柱，耸立在小山之巅。

龙舌兰

龙舌兰有如大地的叹息，长吁一口，舒展得像一道深沟。那强有力的阔大叶片，以及那坚硬的尖端，显示他完全由力量组成。

我常把植物看作大地的情感：雏菊是大地纯真的梦幻，茉莉是大地强烈的完善愿望，龙舌兰则是刚毅的诗篇，是英勇的乐章。

他们出生成长在大地表面，脸贴脸地长在沟垄上，而不像巨人柱那样挺直向上；他伸向四周，以孝子之心抚摩着垄土。

龙舌兰下部没有树干，那本是树木的精髓，使树木更像是空中而不是大地的骄子，使树木舒展着美女般的秀颈。龙舌兰通体犹如一盏坚实有力的酒杯，盛得下整个原野一夜的清露。

酷热使他不能具有野草特有的嫩绿，他那青紫色，到傍晚时分就变成黛色。那时墨西哥风景中占主导地位的便是这种植物了龙舌兰的土地所形成的紫色斑点，犹如远山倾泻下来的紫罗兰。

龙舌兰浑身是宝，对印第安人来说，犹如阿拉伯人的枣椰树。那宽阔的叶片可用来盖屋顶；纤维有两种用途：坚硬的纤维可编织成印第安人背在背上的蜜色网具，也可编成结实的帆索；而那柔软的纤维便是人造丝。

还有，龙舌兰心脏上的"伤口"涌出的"蜜水"②，会凝结成冰糖。但是印第安人很不幸，正如巴斯卡尔③所说："他们需要忘却自己

---

① 羽蛇是墨西哥阿斯特卡人信奉的神，是天地合一的象征。
② 砍去龙舌兰的嫩芯，挖一个洞，那里便源源不断涌出汁液，味甘甜，称为蜜水，可作饮料，也可酿酒。
③ 巴斯卡尔（1623—1662），法国著名哲学家、作家。

的不幸。"正是那无辜的汁液变成魔鬼般的饮料，给他们以虚假的快活，在他们的内脏激起狂热，使他们在冲动中去爱，或是去残杀。

墨西哥的龙舌兰，不要把隐藏在你心中的疯狂给予可怜的阿斯特卡印第安人或玛雅印第安人，而要为他们提供千百张阔叶，为他们的屋宇建造慈母般的屋檐；要为他们的船只提供缆绳和风帆，这些船只应该运载当地的物产，给他人带来富足。

当人们航行在太平洋上，去征服世界市场的时候，请你把最美丽的纤维给予妇女，让她们亲手编织嫁衣裳。不要再把五百年来被奴役的苦楚带在路上，也不要再把满腹的伤感挂在脸上。

王椰树

王椰树比其他植物更直率地追求太阳，她在阳光照耀下，比任何树木都更加欢畅。没有任何树干像她那样，裸露的美妙的树干沐浴着光明，中午时分，犹如一支沾满炽烈花粉的巨大雄蕊。

王椰树有如一只酒杯，一只威尼斯酒杯，秀颈是那样颀长，顶端仅仅是个小小的、水晶的裂口。枝叶在高处形成宽敞的树冠，是那样完美而又多愁善感。风，在她那里乐滋滋地听着自己的声音。有时，那羽状树叶相互撞击，声音干巴巴的，有如坚实的蜡烛，有如硬梆梆的岩盐；有时，在清风中，又像是数不尽的欢笑；有时，声音中充满少女的窃窃私语，那是一群姑娘在讲悄悄话……当风儿静止时，王椰树微微摇摆，好像母亲在摇晃婴儿（因为高高的树冠全然像母亲的怀抱一样）。

植物的一切形态都有人性。白杨象征着渴望；白蜡树和橡树好像波阿斯和亚伯拉罕①式的族长，从那千千万万串密集的籽粒中滋生出许多植物的家族。王椰树的名字恰如其分，是从大地上耸立起的最纯洁的形象，是浮现在风景浮雕中最完美的造像。

这热带无比湛蓝的天空伸展开来，仿佛只是为了充分地衬托王椰树的优美身姿，仅仅是为了使那帝王般的线条更加清晰。

其他树木不该伫立在她的身旁：即便是松树，在她身旁也显得不够

---

① 波阿斯和亚伯拉罕均为《圣经》中的人物，波阿斯是伯利恒人，是大卫王的祖父，亚伯拉罕被视为阿拉伯人的祖先。

潇洒；连那圣洁的南美杉也显得逊色。还应当清除她四周的灌木，因为它们会挡住视线，使人看不到那样高贵的树干如何拔地而起。

人们常常大不敬地把王椰树种植在原野和山坡上，让她在平原和高原上生长，让她突出在景色之中，任她那颀长纤细的脖颈沐浴着阳光。

且不提她的果实，仅仅那湛蓝的天空衬托下的身姿，就足以令我们陶醉。为报答她占据的一小块土地和饮用的清水，这圣洁的树便提供给我们午后的荫凉，让我们坐在树下听她高声呻吟，愉快地观赏着黄昏中伸展在王椰树后面渐渐变得苍白的天空。她还使我们懂得，直线同她的姐妹——曲线一样，也是优美的，只要这直线在湛蓝中完全勾勒出我们心中埋藏着的对祈祷的渴望姿态，那么，不管是高山还是人们纤细的臂膀，都比不上这渴望的姿态纯洁。

有人从大海里找到了一种精神的准则，也有人从浓荫密布的山麓和积雪消融的山巅找到了这种准则。更具有真正的精神准则的，难道不是王椰树吗？她比高山更敏感，比大海更朴素。

当她拔地而起时，便比高山更少地依赖大地，也不像高山那样猛然由大变小。她使粗犷的野景变得秀美，她那繁茂的枝叶是一个整体，成为庄严的象征。破坏了田野景色的那些粗俗的杂树——荆棘和灌木，好像一群不幸者，有她的装点，也显得美丽。

王椰树耸立在地平线上，有如往昔的雅典娜，主宰着人类。

她的平和源于她的整体和完美（大自然造就了如此完美的线条，便可以心安理得地依傍在她身边休憩）。我们的眼睛望着她也可以得到休息，而不必去顾盼那些无用的繁枝杂叶。当我们快乐地以亲切的目光注视着她时，脑子便集中在肃穆的凝思之中。我们真愿意像她一样，只想奋飞，只有一个愿望，有如那投枪，向上，向着那高尚的人生。

若没有那绿色的会唱歌的羽冠，她便是冷峻的，而树冠的欢快却集中地撒在树干上。那舒展的和蔼的树叶，好像在抚摩清风。王椰树宛如一股凝思，在树梢不仅没有消失，反而变得思绪纷繁，或者宛如充满爱恋的久久的沉默，终于爆发成倾诉不尽的千言万语。

古巴和墨西哥的王椰树，所有的诗人都吟咏她，所有的画家都描绘她。王椰树给被奴役的黑人和印第安人一把能得到安慰的摇椅；王椰树让他们的悲叹淹没在自己无数的叹息声中，免得他们的悲叹被人听见。

墨西哥印第安人钟爱王椰树；在瓜达拉哈拉，人们把王椰树描在陶罐上，还把这种陶罐带在身边；他们身姿挺秀，与王椰树有某些相似之处。也许王椰树用她的身影将甜蜜注入了他们的秉性之中，印第安人外表简朴，好像是受了这庄重的树的影响。

椰子树像雅典娜一样，不仅是智慧女神，还要有益于人类；她的果实，就是那椰子，壳内的白色果仁好像人的手掌，掬满颤动的汁液。果仁含油，这便使椰子树如同她的兄弟橄榄一样，成为一种真正的宗教之树；此外，从椰树干上很容易取出汩汩涌流的蜜汁。

而枣椰树呢？那成串焦黄的果实，颜色犹如沙漠一样。椰枣里凝聚着光明，像嬉戏的孩子那样欢快地落在休憩于枣椰树浓荫下的贝督因人的脸上。

美洲的王椰树堪称印第安人的神仙，犹如枣椰树是阿拉伯人的天使。她应当是一位仙女，信徒们一见她的身姿便想起涂油礼；她伤痕累累的手上满是柔润的油脂，而她身上溢出的蜜汁，犹如压抑着的、充满痛苦的情话。

一个走遍世界各个角落的人，在他生命的最后日子里可以说："我已见过世上最崇高的事物。王椰树的浓荫早已罩在我的脸上，我也触摸到了她那永恒的脖颈。"

（段若川　译）

母亲们的诗

〔智利〕 米斯特拉尔

——献给唐娜路易莎·弗·德加希亚·乌依多普洛夫人

她吻了我

她吻了我，我就好像变了一个人：是的，我焕然一新，因为她的脉搏与我的合二为一，我的呼吸中也能感受到她的气息。我的腹已如我的心灵一样高贵。

甚至在我呵出的气中有了花的香味：这一切都是因了那个宛如露水栖在草叶上一般，在我腹中柔柔睡着的小东西。

她会是什么样？

她会长成什么样呢？我曾久久地注视着玫瑰花瓣，欣喜地碰碰它们：真希望她的小脸蛋也这般柔润光滑。我曾把弄着一团黑莓，多希望她的头发也这样黑黑的，卷卷的。如若生成那种陶器工人钟爱的红土色，或者简洁平直如我的生活，那又有什么关系呢？

眺望群山之中的沟壑，当云雾笼罩之时，我用雾气塑造出一个女孩儿的侧影，一个甜甜的小姑娘：她一定会是那么可爱的。

但最重要的，我希望孩子能用她那样温柔的眼神看我，用她那动听的嗓音和我说话，因为在这即将出生的孩子身上，我要去爱那个曾吻过我的人。

智 慧

二十个寒暑我沐浴着阳光，漫山遍野采摘鲜花，现在我懂了这一切都是为着什么。在最美的日子里，我自问：为什么生活如此奇妙，阳光照耀，小草鲜嫩？

如同一串未成熟的葡萄，阳光浸润着我，让我积聚甜蜜。这在我体内，从我的血管中一滴滴酿成的，是我的美酒。

为了这我祈祷，让上帝降福于我的泥巴，这泥巴将焕化为我的孩子。当我读到一首诗，心潮澎湃，那种美将要把我化为灰烬，而这也是为了他，因为他要从我的血肉中获得不熄的生命力。

温 柔

因为体内的孩子，我的脚步变得小心翼翼。自从有了这个秘密，我的整个心都更虔诚。

我语音轻柔，爱如同是减音器，我是怕吵醒他呀。

我在其他女人脸上搜寻腹中疼痛的表情，为的是让别人明白我何故面色苍白。

我小心又轻柔地碰了碰那些鹌鹑在上面筑了巢的叶子。田野里，我悄无声息蹑手蹑脚前行：我想树木也有正沉睡的孩子，而且正俯身为它们守夜呢。

姐 妹

今天我看到一个女人在犁地。她的胯和我的一样，因为爱而涨满，她正弓着腰在田间劳作。

我抚摩过她的腰，还把她带回家里。她将喝我杯中牛奶，享受我家回廊的荫凉，她是因为爱怀孕的。如果我的乳汁不够慷慨，我孩子的双唇将能吮吸到她奶水充足的乳房。

请 求

不能这样！如果上帝让我腰腹渐粗，又怎能任由我的乳房干瘪？我感到胸脯在生长，好像宽广池塘里的水无声的上涨。胸的膨胀投影在我的腹上，仿佛一种承诺。要是我的乳房不够滋润，这世上还有谁比我更可怜？

女人们放一些杯子来收集夜晚的露水，我把自己的胸放在上帝面前，我要给上帝一个新名字，叫他"装满之人"，我要向他祈求生命之美酒，因为我的孩子将充满饥渴地来到人世。

柔　弱

我已不在大草原上玩耍，也不敢和年轻的姑娘们一起荡秋千。我现在好像是结了果实的树枝。

我感到很弱，下到花园里来，玫瑰的气味竟驱走了我的睡意，让我午不成寐。一丝风声或是残阳滴血都会令我不安，陷入痛苦。要是今晚上主人的目光有些严厉，我会因了这一瞥而死去。

永远的痛

如果他在我体内受苦，我会面色苍白；他轻轻地压一下，我也会疼痛不已；这个尚未谋面的小东西只稍稍动一下，恐怕会要了我的命呢。

你们别以为怀着他时，我才和他牵肠挂肚。当他走上自己的道路，就算离得再远，打在他身上的风也会撕裂我的肌肤，他的叫喊必将穿越我的喉咙。我的痛哭和微笑将始自于你的脸庞，我的孩子！

看在他的份上

看在他的份上，那个如草叶下一线水珠般酣睡的小东西，请不要伤害我，别给我活儿干。也请原谅我的一切：我对饭菜的不满和对噪音的厌烦。

等我把他放到襁褓中以后，你们才可以给我讲家中的痛苦贫穷，给我派活儿干。

前额，胸口，不管你们碰到我什么地方，他都会在那，而且他会发出一声呻吟来回答所受到的伤害。

安 宁

我不敢走到大街上去，我为自己腰身渐粗和深深的黑眼圈而害羞。那么，请把我带到这儿来，在我的身边摆些盆花，请为我久久地弹奏西塔拉琴，为了他我要沉浸在美之中。

我说的是那个如长歌般睡着的小东西。走廊下我一个小时又一个小时地沐浴着灼热的阳光，想要似瓜果一样让蜜渗入我的五脏。让松林的风直接吹在我的脸上。

让光与风一次次洗静我的血液。我自己也要清洗它，为此，我不再憎恨，不再抱怨，我只去爱！

在这一片寂静与安宁之中，我在编织一个小小的躯体，一个神奇的躯体，他有血管，面庞，眼神和一颗纯静的心。

白色的小衣服

编织小鞋袜，剪裁柔软的襁褓，这一切我都愿亲手做。他从我的腹中来，定会识得我的香味。

多软的羊毛呀：为了他夏天他们把你剪下。这羊毛，是羊积聚了八个月又由月光漂白的。没有刺菜的尖针也不像黑莓那样扎手。我的肌肉也是这样柔软，他在那睡着了。

白色的小衣服啊！他通过我的眼睛张望着，笑了，猜想那衣服一定是软极了，软极了……

大地的形象

以前我没有见过大地真实的形象。大地宛如一位母亲怀中抱着个小孩（宽大的臂膀拥着孩子们）。

我逐渐了解世间万物的母性。凝望我的大山也是母亲，下午，云雾在她的肩膀膝头，孩子一般玩耍。

现在我记起山谷中一条沟壑。深深的河床，荆棘掩映之下，一条小溪欢唱而过。我就好像是那沟壑，身体内我感到有条小溪歌唱，我给他以血肉作为保护，直到他来到人间。

致 夫 君

丈夫,你别把我抱得那么紧。是你让他从我体内生成,仿佛百合出自水中。请让我静如止水。

爱我吧!现在多爱我一些吧!我,如此娇小!却能让你获得新生。我,如此贫穷!却将带给你另一双眼睛,另一双嘴唇,让你领略这个世界;我,如此温柔!因为爱却要涨成一只大酒囊,为的是倒出生命的美酒。

原谅我吧!我走起路来不够灵活,给你倒酒也是如此笨拙;但,是你让我涨成这样,行动起来如此不便。

对我温柔一些,比以往任何时候都温柔一些。不要搅扰我的血流;也不要打乱我的呼吸。

现在,我只是一个幕帘;我整个身体都是一层帘幔,帘下一个小孩酣然睡着。

母 亲

母亲来看我;她就坐在我身边,平生第一次,我们像两姐妹一样谈起了这个可怕时刻。

她颤微微摸了摸我的腹部又小心翼翼地察看我的乳房。随着她双手的触摸,我觉得五脏六腑如花叶般缓缓绽开,一股乳汁在胸中升腾。

红着脸,我满腹疑惑地向母亲讲起我的疼痛和对血肉的恐惧;我倒在了她怀里;我又成了那个因为生活的可怖跑到她怀抱中哭泣的小姑娘。

给我讲讲吧,妈妈

妈妈,给我讲讲你当初受的苦吧,告诉我这个和我肝肠相系的小身体是如何出生来到人间的。

他是自己来找乳头呢,还是我得主动递给他,哄着他吃。

现在告诉我你那爱的学问吧,妈妈。教我新的爱抚方法,比丈夫的那些还要温柔细腻。

以后的日子里，我该如何给他洗头，怎么包好又不弄疼他呢？

妈妈，教我那支您唱给我的摇篮曲吧，这支歌定能伴他睡得更香。

黎　明

整夜的巨痛，整夜肌肉震颤以献出那个小生命。太阳穴上流淌着死亡的汗水；不，这不是死亡，而是生！

上帝呀，现在我要把你叫做"无尽的温柔"，好让你把他缓缓摘下。

快生出来吧，让我痛苦的叫喊在拂晓升空，与鸟儿的歌唱编织在一起！

神圣的法则

人们说生命缩小到了我身体中，我的血管好像榨汁机一样倾数倒尽：长长地舒了一口气后，只感到胸口的释然！

"我是谁？"我自问，"膝间竟有一个孩子？"

我自己回答道："我是一个曾经爱过的人，我的爱，当得到那一吻的时候，乞求永恒。

大地，看看怀中抱着孩子的我吧，请为我祝福，因为我像棕榈树一样果实累累。

逐出家门

我父亲说要把我赶出去，他对着母亲大叫说今晚就把我逐出家门。

夜晚暖暖的；借着星光我走到邻近村子；可是，他如果在这会儿出生呢？或许我的啜泣惊醒了他；或许他想出来看看我的脸。那么，即使我把他裹得紧紧的，寒风之中也一定会瑟瑟发抖。

你为何降临？

你为何降临？虽然你很漂亮，但没人爱你，孩子。虽然你像所有的小孩，像我的小弟弟一样笑起来很可爱，孩子，除了我没人吻

你。尽管你挥舞着小手寻找玩具，你能把玩的只有我的乳房和滴滴泪珠，孩子。

你为何降临？如果那个把你带到世上的人，当感觉出你在我腹中的时候，已经讨厌你？

不！孩子，你为我而来；为了我，这个在他把我紧紧抱在怀中之前，曾经孤单的人。

（李捷　译）

罗歇·马丁·杜·伽尔
（Roger Martin du Gard，1881—1958）

  法国小说家，生于巴黎。曾应征入伍，在骑兵军团任下士。主要作品为长篇小说《蒂博一家》。

  "由于他的长篇小说《蒂博一家》所表现的强而有力的艺术性与真实性，——透过这些，他描绘了人性的冲突，以及当代生活的若干基本层面"，获诺贝尔文学奖。

托尔斯泰的影响

〔法国〕杜·伽尔

当费内隆中学的校长埃贝尔神甫介绍我读《战争与和平》这部作品时，我还不满十七岁。他是我最敬爱的一位中学校长，中学毕业后，我还经常去看望他。他把这部作品交给我时说："你将会看到，表现力和分寸感的结合，在艺术上能创造怎样的奇迹。"

开始读托尔斯泰的作品这当然是我少年时期的大事之一，它对我整个作家生涯产生了巨大而持久的影响。我对于作为文学作品形式之一的小说，其中包括人物繁多、情节复杂的长篇巨著的绝对信赖是在我读了《战争与和平》之后形成的。后来我又总是怀着赞叹、兴奋而又惊异的心情多次重读了这部著作。

我认为，对未来的小说家来说，托尔斯泰是最好的导师。托尔斯泰的影响你自己可能体会得到，也可能体会不到，但只要托尔斯泰对一个作家产生了影响，它只可能是好的影响。它决无丝毫强加于人之处，十分自然、极其朴素，我甚至想说，表现手法很普通，这些是文坛上的每一个新手都能接受的。他没有人们可以随便仿效的专有"技术"，他的作品中的人物一般都与我们在生活中见到的人们很相像，但在任何一个人物身上，他都能找到内心世界中最本质的东西，而这些，如果没有托尔斯泰的帮助，则是我们所看不到的。托尔斯泰的洞察力是极其惊人的，同他这种洞察力相比，我们的眼光显得那么狭小、肤浅，有局限性而又程式化。于是，托尔斯泰无比精湛的写作技巧就开始产生影响。当你已经深入到他所创造的世界中，注视他怎样观察人的本质的最深处，当你跟随他顽强地探索每一个人物的内心世界，永无止境地寻找那能够骤然揭示整个人物心灵的、不易被人们察觉的状态时，就连我们的目光也变得更加犀利，观察力也变得敏锐起来。我们就这样逐渐学习着洞察别人心灵深处的秘密。对于一个年轻的小说家来说，还有什么比这更有益处呢？托尔斯泰不能教会他按照一定的方法进行写作，但是，对于多少有点观察才能的学生，托尔斯泰就能教会他向心灵深处去观察。

（杨藻镜　译）

诺贝尔文学奖获奖作家儿童文学作品·诗歌散文卷

点金石

朱自强　吴广孝　主编

（上）

北方妇女儿童出版社

图书在版编目（CIP）数据

点金石 / 朱自强，吴广孝主编 . —2 版 . —长春 ：北方妇女儿童
出版社，2011.9

（诺贝尔文学奖获奖作家儿童文学作品 . 诗歌散文卷）

ISBN 978 – 7 – 5385 – 1314 – 1

Ⅰ . ①点… Ⅱ . ①朱… ②吴… Ⅲ . ①儿童诗歌—诗集—世界
②儿童文学—散文集—世界 Ⅳ . ①I18

中国版本图书馆 CIP 数据核字（2011）第 179981 号

点金石

主　　编：朱自强　吴广孝

责任编辑：师晓辉

出版发行：北方妇女儿童出版社

　　　　　（长春市人民大街 4646 号　电话：0431 – 85640624）

印　　刷：三河市东兴印刷有限公司

开　　本：650mm×960mm　1/16

印　　张：20

字　　数：200 千字

版　　次：2011 年 9 月第 2 版

印　　次：2018 年 1 月第 7 次印刷

书　　号：ISBN 978 – 7 – 5385 – 1314 – 1

定　　价：39.80 元（上、下册）

序

浦漫汀

儿童文学自产生以来，其创作主体历来有两类人。一类是专门为儿童创作的人，他们通常被称为儿童文学作家；另一类是兼职为儿童创作的人，他们通常被称为（成人文学）作家。别林斯基曾说过：儿童文学作家是"生就的"，而不是"造就的"。专门为儿童创作的儿童文学作家也好，兼职为儿童创作的成人文学作家也好，其艺术心性中都必须具有"生就的"儿童文学天分。进入二十世纪以来，专业儿童文学作家越来越多，其作品的儿童文学特征越来越鲜明，但是，仍然有相当多的成人文学作家在兼职为儿童写作，这些成人文学作家创作的儿童文学作品给儿童文学园地带来了一股别具一格的清新的气息。

诺贝尔文学奖作为本世纪最重要的文学奖项，始终以其在人类精神领域的巨大影响而据有独特的地位。近一个世纪以来，几乎全世界所有的作家、诗人、剧作家，包括历史学家们，都把它作为自己所能拥有的最高荣誉。尽管人们对获诺贝尔文学奖的每个作家评价不一，但就总体而言，应该承认这些作家达到了文学的一流水准。

现在，北方妇女儿童出版社出版了由朱自强、吴广孝主编的《诺贝尔文学奖获奖作家儿童文学作品集》，把一流文学家发挥自己"生就的"儿童文学才气而创作的儿童文学作品送到我们面前，我感到，对于在心灵成长中需要多种营养的儿童读者来说，这是一份不可多得的、宝贵的精神食粮。

入选这部集子中的作品有许多属于世界儿童文学宝库中的珍品，比如瑞典拉格洛芙的《尼尔斯骑鹅旅行记》、英国吉卜林的动物小

1

说、比利时梅特林克的《青鸟》、美国斯坦贝克的《小红马》等等。在这些作品身上闪烁着作家深厚的一般文学修养与儿童文学才华的双重光辉。

我想，有过一定的儿童文学阅读量的人都会有一个共同的体验，那就是在儿童文学作品中平庸之作实在太多了。儿童读者当然不希望自己的有限而宝贵的时间白白花费在平庸作品之上。在这里，我愿意向儿童读者们推荐这部佳作集锦式的《诺贝尔文学奖获奖作家儿童文学作品集》，我相信儿童读者捧起它，会很快步入充满快乐的艺术世界。

目　录

目 录
Contents

目 录
Contents

梅特林克

(Maurice Maeterlinck，1862—1949)

比利时剧作家、诗人、散文家。生于根特市。其父为公证人。梅特林克学过法律，当过律师。1889 年发表诗集《温室》和第一个剧本《玛莱娜公主》。梅特林克写过 20 多个剧本，其中最著名的是梦幻剧《青鸟》。

由于"他多方面的文学活动，尤其是他的戏剧作品具有丰富的想象和诗意的幻想等特色。这些作品有时以童话的形式显示出一种深邃的灵感，同时又以一种神妙的手法打动读者的感情，激发读者的想象"，获诺贝尔文学奖金。

菊 花 (之一)

〔比利时〕梅特林克

　　每年，在十一月，——在"死的时间"跟在背后的多实而庄严的秋日，我虔诚地到有缘幸见的地方去拜访菊花。也在别处对菊晤谈，在旅行中或在偶尔勾留的住处，但得欣然幸遇，地点是不关重要的。实在，菊花是花中最普遍最花色多的一种了。但是它们的花色多和惊人的变化，又是像时风之多而善变似的，可以说是跟不可思议的随心孕化的伊甸园声息相关。在同一时间，一个神秘的声音——甚至像是穿绸的，饰着累丝（Laes）的，戴插珠宝和金发鬘鬘的，给了时空的"通行口号"，而于是菊花，温顺似绝代佳人，在各纬度各地域，服从了那神圣的命令一齐绽开。

　　随便走进那些结晶的博物馆之一，也就够了；那边，它们中的有些像殡宫的珍丽在秋季的和谐的锦绣之下献丑。我们立刻把握到"年岁"的至高无上的理想，突然插入的美，以及料不到的奋力，在这特殊的世界里，——这世界即使在奇怪而特性的花的世界中也还是奇怪而特性的。而且我们自问道，这新的理想，在太阳，大地，生命，秋，或人类等方面，遮莫是渊深玄妙而且当真必要的。

（茅盾　译）

菊　花（之四）

〔比利时〕梅特林克

　　然而，谢谢大自然的偶一疏忽，花之世界内最不常见而且最被严格地禁止的一种颜色——差不多在花伞，花瓣，花萼，这城里只有那含毒的大戟的花冠是戴着这一种颜色的，——绿色，（专留给帮衬和营养作用的叶子戴的这种颜色，）却渗进了那看守得很紧的境界了。真真的，它（绿色）像一个叛徒，一个间谍，一个灰色的奸细似的，靠着谎话偷偷地混进来的，它依然是夜的冒充的色彩，像海洋的深碧；它只在花瓣尖头不大明显的所在处才露出它的本来面目；它是态度暧昧，怔忡心焦的，它是彷徨游移而且躲躲闪闪的，但它的存在也是不能否认的。它既已进来，它就站住了，它就俨然居之不疑起来：它将一天一天的更稳固更坚决起来；而且，从它这用计开拓的日子，一切的快乐以及一切的被驱逐了的三棱镜的光彩都将涌进这处女地，——都将在那还为我们的眼睛准备好不经见的享受。这是花园内一个大风潮，一个值得纪念的胜利。

　　　　　　　　　　　　　　　　　　　　　　（茅盾　译）

过　去（之一）

〔比利时〕梅特林克

　　我们的过去，远景重重的在我们背后拖延。它睡在地平线上，像缩在烟云中的一座废城。不多几个尖峰标示了它的境界，卓然高耸于空间，不多几个重要的事件像宝塔似的突出。有几个上面还受着光，别的一些都在遗忘的重压下半坍了而且慢慢地消解。树木是凋落的，墙是破裂的，黑影慢慢地笼罩一切。那边一切似乎都是死的，僵硬的，除了"记忆"——慢慢儿在起着分解作用的，——暂以虚幻的光芒照亮了他一会儿。而除了这只能从我们的渐就微弱的回想所能引起的活态而外，一切都似乎绝对地静寂，永远寂灭，被一道决不能渡过的现在与未来之河所分隔。

　　但实际上，"过去"是活着的；而且就我们多数人而言"过去"较之"现在"或未来给我们更深沉更热辣的生活。实际上，这座死城常常是我们有生之年的温室；而且，相当于人们回顾时的心境，有些人将在这"死城"里找到了他们的一切财富，而另一些人则将在那边失掉了他们所有的。

（茅盾　译）

过 去 (之四)

[比利时] 梅特林克

"过去"的力，实在是那些压住了人使人忧悒的最沉重的力中之一。然而，却又没有比这更宛顺而且更热烈地去依从我们所能那样现现成成给出的方面，竟至我们只知道这宛顺于我们多么有利。实际上，如果我们想着它的话，"过去"之于我们，简直和现在一般，而且比"未来"耐嚼得多了。像"过去"一样，而且比"未来"的范围大得多，"现在"的存在是我们思虑的一切而且是我们所操持支配的一切。然而"过去"呢，不独我们的物质的"过去"——那边有些破败处或者我们能补救——长留我们的眷念，而且我们对于那些断绝了补救的疑念的"过去"部分也还是时时在心上的，而且尤其撇不开那些我们认为最无可挽救的过去。

(茅盾 译)

戈哈特·霍普特曼

（Gerharl · Hauptmann，1862—1946）

德国剧作家、诗人。生于德国萨兹布隆。早年学过雕塑，后受自然主义诗潮影响开始文学创作活动。主要作品有《日出之前》、《职工》、《翰奈尔升天》、《沉钟》等47个剧作，以及一些散文诗、叙事诗等。

由于"他在戏剧艺术领域中丰硕、多样而又出色的成就"，获诺贝尔文学奖。

上学的第一天

〔德国〕霍普特曼

随着岁月的流逝，上学第一天的阴影变得越来越浓厚。那是圣诞节后的一天，我母亲对我说：等春天来了，你就该上学了。这是必须迈出的严肃的一步。你得学会老老实实坐在那儿。总之你必须学习，学习，因为不然的话你就只能成为一个废物。

因此你必须得上学！必须！

自从向我宣布了这件事，我大为震惊。我应该成为一个什么样的人。难道我不已经是个这样的人？对此我真不理解。我的过去可跟我完全是一回事呀，就永远这样生存，活下去，是我过去惟一的、也几乎是本能的愿望，我就安于此。自由、太平、欢乐、独立自主；为什么人就应该想成为另一个样子？父母的各种管教都没打破这种状态。难道他们想要夺去我的这种生活，而代之以"应该"和"必须"吗？难道他们想要我违反一个尽善尽美的、完全适合我的生存形式吗？

我简直弄不懂这件事。

用别的方式而不是按照我所常用的有意无意的方法去学习，我既不感兴趣、又不实用，我过去可完全是精力充沛的、生气勃勃的。我掌握市井上的土话，就如我掌握父母所说的标准德语一样。直到今天我才知道，这当中有着多么了不起的智慧的成果，它是无法估量的，一个孩子更难看到这点。在玩耍中，在没有意识到已经学过什么的时候，我就在使用一部包罗万象的词典中的所有语汇概念，以及与此有关想象世界中的一切语汇与概念。

不进学校我是不是也许真的能成长得更快、更好和更充实呢?

但是最糟糕的也许是我所感受到的灵魂上的痛楚。我父母一定知道他们给我带来了什么。我曾经相信他们那无限的爱,而现在他们把我交到一个陌生的、令我恐惧的地方去。这难道不是像把我驱逐一样吗?他们承认他们有责任把我——一个只能在自由自在的氛围里,在自由的行动中才能生存的人——关在一个房间里,他们承认他们有责任把我交给一个凶老头儿,已经有人跟我讲起这老头儿,并且说以后有我受的:他用手打孩子的脸,用棍子打手心,以致留下红红的印记,或者是扒下裤子打屁股!

上学的第一天临近了。第一次上学的路,我已记不得是拉着谁的手,我是怀着又害怕又畏缩的心情走过这段路的。当时我觉得那是一条长得无尽头的路,当我半个世纪后去寻访那古老的校舍,只是由于它从古老的"普鲁士皇冠"的窗口一眼就可望及的缘故却反而没找到它时,我确实感到很惊讶。

途中我曾几度绝望,送我上学的女人说了许多好话,当她在学校门口把我一个人留在集合那里的孩子们中间之后,昏昏沉沉的顺从就取代了绝望。

有短短的一段等候时间,在这期间同甘共苦的小伙伴们相互探询着彼此认识了。当我们拥在学校前厅里的时候,一个小东西向我靠近,并且试图增强我的恐惧感而后快,他已经看出了我的害怕心理。这个肮脏的蛆虫和坏蛋选中了我作为他暴虐狂本能的牺牲品。他向我描述了学校里的情况,这一点他知道得并不比我更多,他把老师描绘成一个专门对学生进行刑罚的差役,当他看到我充满恐惧的哭丧的脸上流露出相信他的神情时,他高兴了。这个捣蛋鬼说:你说话,他打你。你沉默不语,你打喷嚏,他也打你。你擦鼻涕,他也打你。他大声叫你时,就是要打你了。你要注意,你跨进屋里去,他也打你。

就这样不知过了多久,他就用老百姓在街头巷尾所说的方言叨唠个不停。

一个小时以后，我回到家中，高高兴兴地一边和父母一起吃饭，一边吹牛，然后比往日更加高兴地冲向室外，奔向那童年时代无拘无束的、尚未失去的世界。

不，这所乡村学校，连同那位年老的、脾气总是很不好的老师布伦德尔，都没把我毁坏，我的生活空间没有被夺去，我的自由、我的生活乐趣依然如旧。

（姚保琮　译）

1913 年诺贝尔文学奖获得者

泰戈尔
（Rabindranath Tagore，1861—1941）

    印度诗人、作家、艺术家、社会活动家。生于加尔各答市。他童年即崭露诗才，在 60 多年的艺术生涯中，创作了 50 多部诗集以及大量其他作品。同时，创作了 2000 多首歌曲和 1500 余幅画。印度国歌《人民的意志》即是泰戈尔创作的歌曲。

    "由于他那至为敏锐、清新与优美的诗；这诗出之以高超的技巧，并由他自己用英文表达出来，使他那充满诗意的思想业已成为西方文学的一部分"，获得诺贝尔文学奖。

生命——心灵

〔印度〕泰戈尔

一

我的窗前是一条红土路。

路上辚辚地移行着载货的牛车；绍塔尔族姑娘头顶着一大捆稻草去赶集，傍晚归来，身后甩下一大串银铃般的笑声。

而今我的思绪不在人走的路上驰骋。

我一生中，为各种难题愁闷的、为各种目标奋斗的年月，已经埋入往昔。如今身体欠佳，心情淡泊。

大海表面波涛汹涌；安置地球卧榻的幽深的底层，暗流把一切搅得混沌不清。当波浪平息，可见与不可见，表面与底层处于充分和谐的状态时，大海是平静的。

同样，我拼搏的心灵憩息时，我在心灵深处获得的所在，是宇宙元初的乐土。

在行路的日子里，我无暇关注路边的榕树，而今我弃路回到窗前，开始和他接触。

他凝视着我的脸，心里好像非常着急，仿佛在说，"你理解我吗？"

"我理解，理解你的一切。"我宽慰他，"你不必那么焦急。"

宁静恢复了片刻，等我再度打量他时，他显得越发焦灼，碧绿的叶片飒飒摇颤，灼灼闪光。

我试图让他安静下来，说："是的，是这样，我是你的游伴。千百年来，在泥土的游戏室里，我和你一样，一口一口吮吸阳光，分享大地

11

甘美的乳汁。"

我听见他中间陡然起风的声响。他开口说:"你说得对。"

在我心脏血液的流动中回荡的语音,在光影中无声地旋转的音籁,化为绿叶的沙沙声,传到我的身边。这话音是宇宙的官方语言。

它的基调是:我在,我在,我们同在。

那是莫大的欢乐,那欢乐中宇宙的原子、分子瑟瑟抖颤。

今日,我和榕树操同一种语言,表达心头的喜悦之情。

他问我:"你果真回来了?"

"哦,挚友,我回来了。"我即刻回答。

于是,我们有节奏地鼓掌,欢呼着"我在,我在"。

二

我和榕树倾心交谈的春天,他的新叶是嫩黄的,从高天遁来的阳光通过他的无数叶缝,与大地的阴影偷偷地拥抱。

六月阴雨绵绵,他的叶子变得和云霭一样沉郁。如今,他的叶丛像老人成熟的思维那样稠密,阳光再也找不到渗透的通道。以往他像贫苦的少女,如今则似富贵的少妇,心满意足。

今天上午,榕树脖子上绕着二十圈绿宝石项链,对我说:"你为什么头顶砖石,坐在那里?像我一样走进充实的空间吧。"

我说:"人自古拥有内外两部分。"

"我不明白你的意思。"榕树摇摇身子。

我进一步解释:"我们有两个世界——内在世界与外在世界。"

榕树惊叫一声:"天哪,内在世界在哪儿呢?"

"在我的模具里。"

"在里面做什么?"

"创造。"

"模具里进行创造,这话太玄奥了。"

"如同江河被两岸夹持,"我耐心地阐述,"创造受模具的制约,一种素材注入不同的模具,或成为金刚石,或成为榕树。"

榕树把话题扯到我身上:"你的模具是什么形状,请描述一番。"

"我的模具是心灵,落入其间的,变成丰繁的创造。"

"在我们的日月之侧，能够稍稍显示你那封闭的创造吗？"榕树来了兴致。

"日月不是衡量创造的尺度。"我说得十分肯定，"日月是外在物。"

"那么，用什么测量它呢？"

"用快乐，尤其是用痛苦。"

榕树说："东风在我耳畔的微语，在我心里激起共鸣。你这番高论，我实在无法理解。"

"怎么使你明白呢……"我沉吟片刻，"如同你那东风被我们捕获，带入我们的领域，系在弦索上，它就从一种创造抵达另一种创造。这创造在蓝天，或在哪一个博大心灵的记忆的天空获得席位，我不得而知，好像有一个情感的不可测量的天空。"

"请问它年寿几何？"

"它的年寿不是事件的时间，而是情感的时间，所以不能用数字计算。"

"你是两种天空，两种时间的生灵，你太怪诞了，你内在的语言，我听不懂。"

"不懂就不懂吧。"我无可奈何。

"我外在的语言，你能正确地领会吗？"

"你外在的语言衍变为我内在的语言，要说懂的话，它意味着称之为歌便是歌，称之为想象便是想象。"

三

榕树伸展着他所有的枝桠对我说："停一停，你的思绪飞得太远，你的议论太无边际了。"

我觉得他言之有理，说："我来找你本是为了宁谧，但由于恶习难改，闭着嘴话却从嘴唇间泄流出来，跟有些人睡着走路一样。"

我掷掉纸和笔，直直地望着他，他油亮青葱的叶子，犹如名演员的纤指，快速弹着光之琴弦。

我的心灵忽然问道："你目睹的和我思索的，两者之纽带何在？"

"住嘴！"我一声断喝，"不许你问这问那！"

我目不转睛地看着他。时光潺潺流逝。

"怎么样，你悟彻了么？"榕树末了问。

"悟彻了。"

四

一天悄然逝去。

翌日，我的心灵问我："昨天，你凝视着榕树说悟彻了，你悟彻了什么？"

"我躯壳里的生命，在纷乱的愁思中变得混浊了。"我说，"要观瞻生命的纯洁面目，必须面对碧草，面对榕树。"

"你看见了什么？"

"我看见太初的生命包孕纯正的欢愉。他非常仔细地剔除了他的绿叶、红朵、果实里的糟粕，奉献丰富的色彩、芳香和甘浆。因而我望着榕树默默地说，'哦，树王，地球上诞生的第一个生命发出的欢呼声，至今在你的枝叶间荡漾。远古时代质朴的笑容，在你的叶片上闪烁，在我的躯壳里，往日囚禁在忧思的牢笼里的元初的生命，此刻极其活跃，你召唤它，'来呀，走进阳光，走进柔风，跟我一道携来形象的彩笔，色泽的钵盂，甜汁的金觞。'"

我的心灵沉默片刻，略为伤感地说："你谈论生命，口若悬河，可为什么不有条不紊地阐明我搜集的材料呢？"

"何用我阐明！它们以自己的喧嚣，吼叫震惊天宇。它们的负载，复杂性和垃圾，压痛了地球的胸脯。我思之再三，不知何时是它们的极终。它们一层层垒积多少层，一圈圈打多少个死结，答案在榕树的叶子上。"

"噢——告诉我答案是什么！"

"榕树说，没有生命之前，那些材料不过是一种负担，一堆废物。由于生命的触摩，材料浑然交融，呈现为完整的美，你看，那美在树林里漫步，在榕树的凉荫里吹笛。"

五

渺远的一天的黎明。

生命离弃昏眠之榻，上路奔向未知，进入无感知世界的德邦塔尔平原①。那时，他没有丝毫倦意和忧愁，他王子般的装束未沾染灰尘，没有腐蚀的黑斑。

细雨霏霏的上午，我在榕树中间看见不倦的、坦荡的、健旺的生命。他摇舞着枝条对我说："谨向你致敬！"

我说："王子啊，介绍一下与沙漠这恶魔激战的情况吧。"

"战斗非常顺利，请你巡视战场。"

我举目四望，北边芳草萋萋，东边是绿油油的稻田，南边堤坝两侧是一行行棕榈树，西边红松、椰子树、穆胡亚树、芒果树、黑浆果树、枣树茂密交杂、郁郁葱葱，遮蔽了地平线。

"王子啊，你功德无量。"我赞叹着，"你是娇嫩的少年，可恶魔老奸巨猾，心狠手毒。你年幼力单，你的箭囊里装的是短小的箭矢，可恶魔是庞然大物，他的盾牌坚韧，棒棍粗硬。然而，我看见处处飘扬着你的旌旗，你脚踏着恶魔的脊背，岩石对你臣服，风沙在投降书上签字。"

他显露诧异之色："哪儿你见到如此动人的情景？"

我说："我看见你的阵营以安详的形态出现，你的繁忙身着憩息的衣服，你的胜利有一副温文尔雅的风度。所以修道士坐在你的树荫下学习轻易获胜的咒语和轻易达成权力分配的协议的方法，你在树林里开设了教授生命如何发挥作用的学校。所以倦乏的人在你的绿荫里休息，颓唐的人来寻求你的指教。"

听着我的颂赞，榕树内的生命欣喜地说："我前去同沙漠这恶魔作战，与我的胞弟失去了联系，不知他在何处进行怎样的战斗。刚才你好像提到过他。"

"是的，我称他为心灵。"

---

① 印度神话中的平原。

"他比我更加活跃，他不满意任何事情。你能告诉我那不安分的胞弟的近况吗?"

"可以讲一些。"我说，"你为生存而战，他为获取而战，远处进行着一场为了舍弃的战斗。你与僵死作战，他与贫乏作战，远处进行着一场为了积蓄的战斗。战斗日趋复杂，闯入战阵的寻不到出阵的路，胜败难卜。在这迷惘的彷徨之际，你的绿旗高喊'胜利属于生命'，给战士以鼓舞。歌声越来越高亢，在乐曲的危机中，你朴实的琴弦鼓励道:'别害怕，别害怕! 我已谱写了乐曲的基调——太初的生命的乐调。一切疯狂的调子，以美的复唱形式，融和在欢乐的歌声中，所有的获取和赋予，如花儿开放，似果实成熟。'"

（董友忱　白开元　译）

黄昏和黎明

〔印度〕泰戈尔

在这里，黄昏已经降临。太阳神噢，你那黎明现在沉落在哪个国度、哪个海滨？

在这里，晚香玉在黑暗中微微颤动，宛如披着面纱的新娘，羞涩地立在新房之门；晨花——金香木，又在哪里绽蕾？

有人被惊醒。黄昏点燃的灯火已经熄灭，夜晚编好的白玫瑰花环也已凋落。

在这里，家家的柴扉紧闭；在那边，户户的窗子敞开。在这里，船舶靠岸，渔民入睡；在那边，顺风扬起了篷帆。

人们离开客店，面向朝阳向东方走去；晨光洒在他们的额上，可他们的渡河之费直到现在还没有偿付；透过路旁的一扇扇窗扉，那一双双黑黑的眼睛，含着怜悯的渴望，正在凝视着他们的后背；一条大路展现在他们的面前，犹如一封朱红的请帖发出邀请："一切都已为你们准备就绪。"随着他们心潮的节奏，胜利之鼓已经擂响。

在这里，所有的人都乘坐着日暮之舟，向灰暗的晚霞微光中渡去。

在客店的院落里，他们铺下破衣烂衫；有人孤独一身，有人带着疲惫的伴侣；黑暗中无法看清，前面的路上将有什么，可是，现在他们正悄悄地谈论着后面走过的路上所发生的事；谈着谈着话语中断，尔后一片静寂；尔后他们从院里抬头仰望，北斗七星正悬在天边。

太阳神噢，在你的左边是这黄昏，在你的右边是那黎明，请你让这两者联合起来吧！就让这阴影和那光明相互拥抱和亲吻吧！就让这黄昏之曲为那黎明之歌祝福吧！

(友忱 译)

17

孟加拉风光·西来达

〔印度〕泰戈尔

一只又一只的船到达这个码头，过了一年的作客生涯，从遥远的工作地点回家来过节日，他们的箱子、篮子和包袱里装满了礼物。我注意到有一个人，他在船靠岸的时候，换上一条整齐地叠好的绉麻拖地，在布衣上面套上一件中国丝绸的外衣，整理好他颈上的仔细围好的领巾，高撑着伞，走向村里去。

潺潺的波浪流经稻地。芒果和枣椰的树梢耸入天空，树外的天边是毛绒绒的云彩。棕榈的叶梢在微风中摇曳。沙岸上的芦苇正要开花。这一切都是悦目爽心的画面。

刚回到家的人的心情，在企望着他的家人的热切的期待，这秋日的天空，这个世界，这温煦的晓风，以及树梢、枝头和河上的微波普遍地反应的颤动，一起用说不出来的哀乐，来感动这个从舱窗里向外凝望的青年人。

从路旁窗子里所接受到的一瞥的世界，带来了新的愿望，或者毋宁说是，旧的愿望改了新的形式。前天，当我坐在舱窗前面的时候，一只小小的渔船漂过，渔夫唱着一支歌——调子并不太好听。但这使我想起许多年前我小时候的一个夜晚。我们在巴特马河的船上。有一夜我在两点钟时候醒来，在我推上舱窗伸出头去的时候，我看见平静无波的河水在月下发光，一个年轻人独自划着一只渔舟，唱着走过，呵，唱得那么柔美，——这样柔美的歌声我从来也没有听见过。

一个愿望突然来到我心上，我想回到我听见歌声的这一天，让我再来一次活生生的尝试，这一次我不让它空虚地没有满足地过去，我要用一首我唇上的诗人的诗歌，在涨潮的浪花上到处浮游，对世人歌唱，去安抚他们的心；用我自己的眼睛去看，在世界的什么地方有什么东西；让世人认识我，也让我认识他们；像热切吹扬的和风一样，在生命和青春里涌过全世界；然后回到一个圆满充实的晚年，以诗人的生活方式把它度过。

这算是一个很崇高的理想吗？为使世界受到好处，理想无疑地还要崇高些；但是像我这么一个人，从来也没有过这样的抱负。我不能下定决心，在自制的饥荒之下，去牺牲这生命里珍贵的礼物，用绝食和默想和不断的争论，来使世界和人心失望。我认为，像个人似地活着、死去、爱着、信任着这世界，也就够了，我不能把它当做是创世者的一个骗局，或是魔王的一个圈套。我是不会拼命地想飘到天使般的虚空里去的。

（冰心　译）

穿起王子衣袍的孩子①

〔印度〕泰戈尔

那穿起王子的衣袍和挂起珠宝项链的孩子，在游戏中他失去了一切的快乐；他的衣服绊着他的步履。

为怕衣饰的破裂和污损，他不敢走进世界，甚至于不敢挪动。

母亲，这是毫无好处的，如你的华美的约束，使人和大地健康的尘土隔断，把人进入日常生活的盛大集会的权利剥夺去了。

（冰心　译）

---

① 选自《吉檀迦利》第 8 首，题目为编者所加。吉檀迦利为"献歌"的意思。

在村路上求乞①

〔印度〕泰戈尔

我在村路上沿门求乞的时候，你的金辇像一个华丽的梦从远处出现，我在猜想这位万王之王是谁！

我的希望高升，我觉得我苦难的日子将要告终，我站着等候你自动的施与，等待那散掷在尘埃里的财宝。

车辇在我站立的地方停住了。你看到我，微笑着下车。我觉得我的运气到底来了。忽然你伸出右手来说："你有什么给我呢？"

呵，这开的是什么样的帝王的玩笑，向一个乞丐伸手求乞！我糊涂了，犹疑地站着，然后从我的口袋里慢慢地拿出一粒最小的玉米献上给你。

但是我一惊不小，当我在晚上把口袋倒在地上的时候，在我乞讨来的粗劣东西之中，我发现了一粒金子。我痛哭了，恨我没有慷慨地将我所有都献给你。

(冰心　译)

---

① 选自《吉檀迦利》第50首，题目为编者所加。

孩子们在无边的世界的海滨聚会①

〔印度〕泰戈尔

孩子们在无边的世界的海滨聚会。头上是静止的无垠的天空，不宁的海波奔腾喧闹。在无边的世界的海滨，孩子们欢呼跳跃地聚会着。

他们用沙子盖起房屋，用空贝壳来游戏。他们把枯叶编成小船，微笑着把它们飘浮在深远的海上。孩子们在世界的海滨做着游戏。

他们不会凫水，他们也不会撒网。采珠的人潜水寻珠，商人们奔波航行，孩子们收集了石子却又把它们丢弃了。他们不搜求宝藏，他们也不会撒网。

大海涌起了喧笑，海岸闪烁着苍白的微笑。致人死命的波涛，像一个母亲在摇着婴儿的摇篮一样，对孩子们唱着无意义的歌谣。大海在同孩子们游戏，海岸闪烁着苍白的微笑。

孩子们在无边的世界的海滨聚会。风暴在无路的天空中飘游，船舶在无轨的海上破碎，死亡在猖狂，孩子们却在游戏。在无边的世界的海滨，孩子们盛大地聚会着。

（冰心　译）

---

① 选自《吉檀迦利》第60首，题目为编者所加。

睡眠从哪里来的？[①]

〔印度〕泰戈尔

这掠过婴儿眼上的睡眠——有谁知道它是从哪里来的吗？是的，有谣传说它住在林荫中，萤火朦胧照着的仙村里，那里挂着两颗甜柔迷人的花蕊。它从那里来吻着婴儿的眼睛。

在婴儿睡梦中唇上闪现的微笑——有谁知道它是从哪里生出来的吗？是的，有谣传说一线新月的微光，触到了消散的秋云的边缘，微笑就在被朝雾洗净的晨梦中，第一次生出来了——这就是那婴儿睡梦中唇上闪现的微笑。

在婴儿的四肢上，花朵般地喷发的甜柔清新的生气，有谁知道它是在哪里藏了这么许久吗？是的，当母亲还是一个少女，它就在温柔安静的爱的神秘中，充塞在她的心里了——这就是那婴儿四肢上喷发的甜柔新鲜的生气。

（冰心　译）

---

① 选自《吉檀迦利》第61首，题目为编者所加。

当我送你彩色玩具的时候①

〔印度〕泰戈尔

当我送你彩色玩具的时候，我的孩子，我了解为什么云中水上会幻弄出这许多颜色，为什么花朵都用颜色染起——当我送你彩色玩具的时候，我的孩子。

当我唱歌使你跳舞的时候，我彻底地知道为什么树叶上响出音乐，为什么波浪把它们的合唱送进静听的大地的心头——当我唱歌使你跳舞的时候。

当我把糖果递到你贪婪的手中的时候，我懂得为什么花心里有蜜，为什么水果里隐藏着甜汁——当我把糖果递到你贪婪的手中的时候。

（冰心　译）

---

① 选自《吉檀迦利》第62首，题目为编者所加。

在荒凉的河岸上①

〔印度〕泰戈尔

在荒凉的河岸上，深草丛中，我问她："姑娘，你用披纱遮着灯，要到哪里去呢？我的房子黑暗寂寞——把你的灯借给我罢！"她抬起乌黑的眼睛，从暮色中看了我一会。"我到河边来，"她说，"要在太阳西下的时候，把我的灯漂浮到水上去。"我独立在深草中看着她的灯的微弱的火光，无用地在潮水上漂流。

在薄暮的寂静中，我问她："你的灯火都已点上了——那么你拿着这灯到哪里去呢？我的房子黑暗寂寞——把你的灯借给我罢。"她抬起乌黑的眼睛望着我的脸，站着沉吟了一会。最后她说："我来是要把我的灯献给上天。"我站着看她的灯光在天空中无用地燃点着。

在无月的夜半朦胧之中，我问她："姑娘，你做什么把灯抱在心前呢？我的房子黑暗寂寞——把你的灯借给我罢。"她站住沉思了一会，在黑暗中注视着我的脸。她说："我是带着我的灯，来参加灯节的。"我站着看着她的灯，无用地消失在众光之中。

（冰心　译）

---

①　选自《吉檀迦利》第64首，题目为编者所加。

破庙里的神①

〔印度〕泰戈尔

破庙里的神呵！七弦琴的断线不再弹唱赞美你的诗歌。晚钟也不再宣告礼拜你的时间。你周围的空气是寂静的。

流荡的春风来到你荒凉的居所。它带来了香花的消息——就是那素来供养你的香花，现在却无人来呈献了。

你的礼拜者，那些漂泊的惯旅，永远在企望那还未得到的恩典。黄昏来到，灯光明灭于尘影之中，他困乏地带着饥饿的心回到这破庙里来。

许多佳节都在静默中来到，破庙的神呵。许多礼拜之夜，也在无火无灯中度过了。

精巧的艺术家，造了许多新的神像，当他们的末日来到了，便被抛入遗忘的圣河里。

只有破庙的神遗留在无人礼拜的，不死的冷淡之中。

（冰心　译）

---

①　选自《吉檀迦利》第88首，题目为编者所加。

灯为什么熄了呢?①

〔印度〕泰戈尔

灯为什么熄了呢?
我用斗篷遮住它怕它被风吹灭,因此灯熄了。

花为什么谢了呢?
我的热恋的爱把它紧压在我的心上,因此花谢了。

泉为什么干了呢?
我盖起一道堤把它拦起给我使用,因此泉干了。

琴弦为什么断了呢?
我强弹一个它力不能胜的音节,因此琴弦断了。

(冰心 译)

---

① 选自《园丁集》第52首,题目为编者所加。

点 金 石①

〔印度〕泰戈尔

一个流浪的疯子在寻找点金石。他褐黄的头发乱蓬蓬地蒙着尘土，身体瘦得像个影子。他双唇紧闭，就像他的紧闭的心门。他的烧红的眼睛就像萤火虫的灯亮在寻找他的爱侣。无边的海在他面前怒吼。

喧哗的波浪，在不停地谈论那隐藏的珠宝，嘲笑那不懂得它们的意思的愚人。

也许现在他不再有希望了，但是他不肯休息，因为寻求变成他的生命——

就像海洋永远向天伸臂要求不可得到的东西——

就像星辰绕着圈走，却要寻找一个永不能到达的目标——在那寂寞的海边，那头发垢乱的疯子，也仍旧徘徊着寻找点金石。

有一天，一个村童走上来问："告诉我，你腰上的那条金链是从哪里来的呢？"

疯子吓了一跳——那条本来是铁的链子真的变成金的了；这不是一场梦，但是他不知道是什么时候变成的。

他狂乱地敲着自己的前额——什么时候，呵，什么时候在他的不知不觉之中得到成功了呢？

拾起小石去碰碰那条链子，然后不看看变化与否，又把它扔掉，这

---

① 选自《园丁集》第66首，题目为编者所加。

已成了习惯；就是这样，这疯子找到了又失掉了那块点金石。

太阳西沉，天空灿烂。

疯子沿着自己的脚印走回，去寻找他失去的珍宝。他气力尽消，身体弯曲，他的心像连根拔起的树一样，萎垂在尘土里了。

（冰心　译）

我记得童年的纸船①

〔印度〕泰戈尔

我记得在童年时代，有一天我在水沟里漂一只纸船。

那是七月的一个阴湿的天，我独自快乐地嬉戏。

我在沟里漂一只纸船。

忽然间阴云密布，狂风怒号，大雨倾注。

浑水像小河般流溢，把我的船冲没了。

我心里难过地想：这风暴是故意来破坏我的快乐的，它的一切恶意都是对着我的。

今天，七月的阴天是漫长的，我在默忆我生命中以我为失败者的一切游戏。

我抱怨命运，因为它屡次戏弄了我，当我忽然忆起我的沉在沟里的纸船的时候。

（冰心 译）

① 选自《园丁集》第70首，题目为编者所加。

神的叹息①

〔印度〕泰戈尔

夜半，那个自称的苦行人宣告说：

"弃家求神的时候到了。呵，谁把我牵住在妄想里这么久呢？"

神低声说："是我。"但是这个人的耳朵是塞住的。

他的妻子和吃奶的孩子一同躺着，安静地睡在床的那边。

这个人说："什么人把我骗了这么久呢？"

声音又说："是神。"但是他听不见。

婴儿在梦中哭了，挨向他的母亲。

神命令说："别走，傻子，不要离开你的家。"但是他还是听不见。

神叹息又委屈地说："为什么我的仆人要把我丢下；而到处去找我呢？"

（冰心　译）

---

① 选自《园丁集》第75首，题目为编者所加。

姐姐和弟弟①

〔印度〕泰戈尔

西乡来的工人和他的妻子正忙着替砖窑挖土。

他们的小女儿到河边的渡头上；她无休无息地擦洗锅盘。

她的小弟弟，光着头，赤裸着黧黑的涂满泥土的身躯，跟着她，听她的话，在高高的河岸上耐心地等着她。

她顶着满瓶的水，平稳地走回家去，左手提着发亮的铜壶，右手拉着那个孩子——她是妈妈的小丫头，繁重的家务使她变得严肃了。

有一天我看见那赤裸的孩子伸着腿坐着。

他姐姐坐在水里，用一把土在转来转去地擦洗一把水壶。

一只毛茸茸的小羊，在河岸上吃草。

它走近这孩子身边，忽然大叫了一声，孩子吓得哭喊起来。

他姐姐放下水壶跑上岸来。

她一只手抱起弟弟，一只手抱起小羊，把她的爱抚分成两半，人类和动物的后代在慈爱的连结中合一了。

（冰心　译）

---

① 选自《园丁集》第 77 首，题目为编者所加。

水 牛①

〔印度〕泰戈尔

在五月天里，闷热的正午仿佛无尽地悠长。干地在灼热中渴得张着口。

当我听到河边有个声音叫道："来吧，我的宝贝！"

我合上书开窗外视。

我看见一只皮毛上尽是泥土的大水牛，眼光沉着地站在河边；一个小伙子站在没膝的水里，在叫它去洗澡。

我高兴而微笑了，我心里感到一阵甜柔的接触。

（冰心　译）

---

① 选自《园丁集》第 78 首，题目为编者所加。

她住在玉米地边的山畔①

〔印度〕泰戈尔

她住在玉米地边的山畔，靠近那股嬉笑着流经古树的庄严的阴影的清泉。女人们提罐到这里装水，过客们在这里谈话休息。她每天随着潺潺的泉韵工作幻想。

有一天，一个陌生人从云中的山上下来；她的头发像醉蛇一样的纷乱。我们惊奇地问："你是谁？"他不回答，只坐在喧闹的水边，沉默地望着她的茅屋。我们吓得心跳。到了夜里，我们都回家去了。

第二天早晨，女人们到杉树下的泉边取水，她们发现她茅屋的门开着，但是，她的声音没有了，她微笑的脸哪里去了呢？

空罐立在地上，她屋角的灯，油尽火灭了。没有人晓得在黎明以前她跑到哪里去了——那个陌生人也不见了。

到了五月，阳光渐强，冰雪化尽，我们坐在泉边哭泣。我们心里想："她去的地方有泉水么，在这炎热焦渴的天气中，她能到哪里去取水呢？"我们惶恐地对问："在我们住的山外还有地方么？"

夏天的夜里，微风从南方吹来；我坐在她的空屋里，没有点上的灯仍在那里立着。忽然间那座山峰，像帘幕拉开一样从我眼前消失了。"呵，那是她来了。你好么，我的孩子？你快乐么？在无遮的天空下，你有个荫凉的地方么？可怜呵，我们的泉水不在这里供

① 选自《园丁集》第83首，题目为编者所加。

你解渴。"

　　"那边还是那个天空，"她说，"只是不受屏山的遮隔，——也还是那股流泉长成江河，——也还是那片土地伸广变成平原。""一切都有了，"我叹息说，"只有我们不在。"她含愁地笑着说："你们是在我的心里。"我醒起听见泉流潺潺，杉树的叶子在夜中沙沙地响着。

（冰心　译）

我们都不回家吧①

〔印度〕泰戈尔

黄绿的稻田上掠过秋云的阴影，后面是狂追的太阳。

蜜蜂被光明所陶醉，忘了吸蜜，只痴呆地飞翔嗡唱。

河里岛上的鸭群，无缘无故地欢乐地吵闹。

我们都不回家吧，兄弟们，今天早晨我们都不去工作。

让我们以狂风暴雨之势占领青天，让我们飞奔着抢夺空间吧。

笑声飘浮在空气上，像洪水上的泡沫。

弟兄们，让我们把清晨浪费在无用的歌曲上面吧。

（冰心　译）

---

① 选自《园丁集》第84首，题目为编者所加。

偷睡眠者

〔印度〕泰戈尔

谁从孩子的眼里把睡眠偷了去呢？我一定要知道。

妈妈把她的水罐挟在腰间，走到近村汲水去了。

这是正午的时候，孩子们游戏的时间已经过去了；池中的鸭子沉默无声。

牧童躺在榕树的荫下睡着了。

白鹤庄重而安静地立在檬果树边的泥泽里。

就在这个时候，偷睡眠者跑来从孩子的两眼里捉住睡眠，便飞去了。

当妈妈回来时，她看见孩子四肢着地地在屋里爬着。

谁从孩子的眼里把睡眠偷了去呢？我一定要知道。我一定要找到她，把她锁起来。

我一定要向那个黑洞里张望，在这个洞里，有一道小泉从圆的和有皱纹的石上滴下来。

我一定要到醉花林中沉寂的树影里搜寻，在这林中，鸽子在它们住的地方咕咕地叫着，仙女的脚环在繁星满天的静夜里丁当地响着。

我要在黄昏时，向静静的萧萧的竹林里窥望，在这林中，萤火虫闪闪地耗费它们的光明，只要遇见一个人，我便要问他："谁能告诉我偷睡眠者住在什么地方？"

谁从孩子的眼里把睡眠偷了去呢？我一定要知道。

只要我能捉住她，怕不会给她一顿好教训！

我要闯入她的巢穴，看她把所有偷来的睡眠藏在什么地方。

我要把它都夺来，带回家去。

我要把她的双翼缚得紧紧的，把她放在河边，然后叫她拿一根芦苇在灯心草和睡莲间钓鱼为戏。

黄昏，街上已经收了市，村里的孩子们都坐在妈妈的膝上时，夜鸟便会讥笑地在她耳边说：

"你现在还想偷谁的睡眠呢？"

（郑振铎 译）

天 文 家

〔印度〕泰戈尔

我不过说:"当傍晚圆圆的满月挂在迦昙波①的枝头时,有人能去捉住它么?"

哥哥却对我笑道:"孩子呀,你真是我所见到的顶顶傻的孩子。月亮离我们这样远,谁能去捉住它呢?"

我说:"哥哥,你真傻!当妈妈向窗外探望,微笑着往下看我们游戏时,你也能说她远么?"

哥哥还是说:"你这个傻孩子!但是,孩子,你到哪里去找一个大得能逮住月亮的网呢?"

我说:"你自然可以用双手去捉住它呀。"

但是哥哥还是笑着说:"你真是我所见到的顶顶傻的孩子!如果月亮走近了,你便知道它是多么大了。"

我说:"哥哥,你们学校里所教的,真是没有用呀!当妈妈低下脸儿跟我们亲嘴时,她的脸看来也是很大的么?"

但是哥哥还是说:"你真是一个傻孩子。"

(郑振铎　译)

---

① 迦昙波,原名 Kadam,亦作 Kadamba,学名 Namlea Cadamba,义译"白花",即昙花。

云 与 波

〔印度〕泰戈尔

妈妈，住在云端的人对我唤道——

"我们从醒的时候游戏到白日终止。

"我们与黄金色的曙光游戏，我们与银白色的月亮游戏。"

我问道："但是，我怎么能够上你那里去呢？"

他们答道："你到地球的边上来，举手向天，就可以被接到云端里来了。"

"我妈妈在家里等我呢，"我说。"我怎么能离开她而来呢？"

于是他们微笑着浮游而去。

但是我知道一件比这个更好的游戏，妈妈。

我做云，你做月亮。

我用两只手遮盖你，我们的屋顶就是青碧的天空。

住在波浪上的人对我唤道——

"我们从早晨唱歌到晚上；我们前进又前进地旅行，也不知我们所经过的是什么地方。"

我问道："但是，我怎么能加入你们队伍里去呢？"

他们告诉我说："来到岸旁，站在那里，紧闭你的两眼，你就被带到波浪上来了。"

我说："傍晚的时候，我妈妈常要我在家里——我怎么能离开她而去呢！"

于是他们微笑着，跳舞着奔流过去。

但是我知道一件比这个更好的游戏。

我是波浪，你是陌生的岸。

我奔流而进，进，进，笑哈哈地撞碎在你的膝上。

世界上就没有一个人会知道我们俩在什么地方。

（郑振铎　译）

金色花

[印度] 泰戈尔

假如我变了一朵金色花，只是为了好玩，长在那棵树的高枝上，笑哈哈的在风中摇摆，又在新生的树叶上跳舞，妈妈，你会认识我么？

你要是叫道："孩子，你在哪里呀？"我暗暗地藏在那里含笑，却一声儿不响。

我要悄悄地开放花瓣儿，看着你工作。

当你沐浴后，湿发披在两肩，穿过金色花的林荫，走到你作祷告的小庭院时，你会嗅到这花的香气，却不知道这香气是从我身上来的。

当你吃过中饭，坐在窗前读《罗摩衍那》①，那棵树的阴影落在你的头发和膝上时，我便要投我的小小的影在你的书页上，正投在你所读的地方。

但是你会猜得出这就是你的小孩子的小影子么？

当你在黄昏时拿了灯到牛棚里去，我便要突然地再落到地上来，又成了你的孩子，求你讲个故事给我听。

"你到哪里去了，你这坏孩子？"

"我不告诉你，妈妈。"

这就是你同我那时所要说的话了。

（郑振铎　译）

---

① 印度的一部长篇叙事诗。

仙人世界

〔印度〕泰戈尔

如果人们知道了我的国王的宫殿在哪里，它就会消失在空气中的。

墙壁是白色的银，屋顶是耀眼的黄金。

皇后住在有七个庭院的宫苑里；她戴的一串珠宝，值得整整七个王国的全部财富。

不过，让我悄悄地告诉你，妈妈，我的国王的宫殿究竟在哪里。

它就在我们阳台的角上，在那栽着杜尔茜花的花盆放着的地方。

公主躺在远远的隔着七个不可逾越的重洋的那一岸沉睡着。

除了我自己，世界上便没有人能够找到她。

她臂上有镯子，她耳上挂着珍珠；她的头发拖到地板上。

当我用我的魔杖点触她的时候，她就会醒过来，而当她微笑时，珠玉将会从她唇边落下来。

不过，让我在你的耳朵边悄悄地告诉你，妈妈；她就住在我们阳台的角上，在那栽着杜尔茜花的花盆放着的地方。

当你要到河里洗澡的时候，你走上屋顶的那座阳台来罢。

我就坐在墙的阴影所聚会的一个角落里。

我只让小猫儿跟我在一起，因为它知道那故事里的理发匠住的地方。

不过，让我在你的耳朵边悄悄地告诉你，那故事里的理发匠到底住在哪里。

他住的地方，就在阳台的角上，在那栽着杜尔茜花的花盆放着的地方。

（郑振铎　译）

流放的地方

〔印度〕泰戈尔

妈妈，天空上的光成了灰色了；我不知道是什么时候了。

我玩得怪没劲儿的，所以到你这里来了。这是星期六，是我们的休息日。

放下你的活计，妈妈；坐在靠窗的一边，告诉我童话里的特潘塔沙漠在什么地方？

雨的影子遮掩了整个白天。

凶猛的电光用它的爪子抓着天空。

当乌云在轰轰地响着，天打着雷的时候，我总爱心里带着恐惧爬伏到你的身上。

当大雨倾泻在竹叶子上好几个钟头，而我们的窗户为狂风震得格格发响的时候，我就爱独自和你坐在屋里，妈妈，听你讲童话里的特潘塔沙漠的故事。

它在哪里，妈妈，在哪一个海洋的岸上，在哪些个山峰的脚下，在哪一个国王的国土里？

田地上没有此疆彼壤的界石，也没有村人在黄昏时走回家的，或妇人在树林里捡拾枯枝而捆载到市场上去的道路。沙地上只有一小块一小块的黄色草地，只有一株树，就是那一对聪明的老鸟儿在那里做窝的，那个地方就是特潘塔沙漠。

我能够想象得到，就在这样一个乌云密布的日子，国王的年轻的儿子，怎样地独自骑着一匹灰色马，走过这个沙漠，去寻找那被囚禁在不可知的重洋之外的巨人宫里的公主。

当雨雾在遥远的天空下降，电光像一阵突然发作的痛楚的痉挛似地闪射的时候，他可记得他的不幸的母亲，为国王所弃，正在扫除牛棚，眼里流着眼泪，当他骑马走过童话里的特潘塔沙漠的时候？

看，妈妈，一天还没有完，天色就差不多黑了，那边村庄的路上没有什么旅客了。

牧童早就从牧场上回家了，人们都已从田地里回来，坐在他们草屋的檐下的草席上，眼望着阴沉的云块。

妈妈，我把我所有的书本都放在书架上了——不要叫我现在做功课。

当我长大了，大得像爸爸一样的时候，我将会学到必须学的东西的。

但是，今天你可得告诉我，妈妈，童话里的特潘塔沙漠在什么地方？

（郑振铎　译）

纸　船

〔印度〕泰戈尔

我每天把纸船一个个放在急流的溪中。

我用大黑字把我的名字和我住的村名写在纸船上。

我希望住在异地的人会得到这些船，知道我是谁。

我把园中长的秀丽花栽在我的小船上，希望这些开在黎明的花能在夜里平平安安地带到岸上。

我投我的纸船在水里，仰望天空，看见小朵的云正张着鼓满着风的白帆。

我不知道天天有我的什么游伴把这些船放下来同我的船比赛！

夜来了，我的脸埋在手臂里，梦见我的纸船在子夜的星光下缓缓地漂浮前去。

睡仙坐在船里，带着满载着梦的篮子。

（郑振铎　译）

对　岸

〔印度〕泰戈尔

　　我渴望到河的对岸去，在那边，好些船只一行儿系在竹竿上；

　　人们在早晨乘船渡过那边去，肩上扛着犁头，去耕耘他们的远处的田；

　　在那边，牧人使他们鸣叫着的牛游泳到河旁的牧场去；

　　黄昏的时候，他们都回家了，只留下豺狼在这长满着野草的岛上哀叫。

　　妈妈，如果你不在意，我长大的时候，要做这渡船的船夫。

　　据说有好些古怪的池塘藏在这个高岸之后，

　　雨过去了，一群一群的野鹜飞到那里去；茂盛的芦苇在岸边周围生长，水鸟在那里生蛋；

　　竹鸡带着跳舞的尾巴，将它们细小的足印印在洁净的软泥上；

　　黄昏的时候，长草顶着白花，邀月光在长草的波浪上浮游。

　　妈妈，如果你不在意，我长大的时候，要做这渡船的船夫。

　　我要自此岸至彼岸，渡过来，渡过去，所有村中正在那儿沐浴的男孩女孩，都要诧异地望着我。

　　太阳升到中天，早晨变为正午了，我将跑到你那里去，说道："妈妈，我饿了！"

一天完了，影子俯伏在树底下，我便要在黄昏中回家来。

我将永远不同爸爸那样，离开你到城里去做事。

妈妈，如果你不在意，我长大的时候，要做这渡船的船夫。

（郑振铎　译）

花的学校

〔印度〕泰戈尔

当雷云在天上轰响，六月的阵雨落下的时候，润湿的东风走过原野，在竹林中吹着口笛。

于是一群一群的花从无人知道的地方突然跑出来，在绿草上狂欢地跳着舞。

妈妈，我真的觉得那群花朵是在地下的学校里上学。

它们关了门做功课。如果它们想在放学以前出来游戏，它们的老师是要罚它们站壁角的。

雨一来，它们便放假了。

树枝在林中互相碰触着，绿叶在狂风里簌簌地响，雷云拍着大手。这时花孩子们便穿了紫的、黄的、白的衣裳，冲了出来。

你可知道，妈妈，它们的家是在天上。在星星所住的地方。

你没有看见它们怎样地急着要到那儿去么？

你不知道它们为什么那样急急忙忙么？

我自然能够猜得出它们是对谁扬起双臂来：

它们也有它们的妈妈，

就像我有我自己的妈妈一样。

（郑振铎　译）

商 人

〔印度〕泰戈尔

妈妈，让我们想象，你待在家里，我到异邦去旅行。

再想象，我的船已经装得满满地在码头上等候启碇了。

现在，妈妈，好生想一想再告诉我，回来的时候我要带些什么给你。

妈妈，你要一堆一堆的黄金么？

在金河的两岸，田野里全是金色的稻谷。

在林荫的路上，金色花也一朵一朵地落在地上。

我要为你把它们全都收拾起来，放在好几百个篮子里。

妈妈，你要秋天的雨点一般大的珍珠么？

我要渡海到珍珠岛的岸上去。

那个地方，在清晨的曙光里，珠子在草地的野花上颤动，珠子落在绿草上，珠子被汹狂的海浪一大把一大把地撒在沙滩上。

我的哥哥呢，我要送他一对有翼的马，会在云端飞翔的。

爸爸呢，我要带一支有魔力的笔给他，他还没有觉得，笔就写出字来了。

你呢，妈妈，我一定要把那个值七个王国的首饰箱和珠宝送给你。

（郑振铎 译）

同　情

〔印度〕泰戈尔

　　如果我只是一只小狗，而不是你的小孩，亲爱的妈妈，当我想吃你盘里的东西时，你要向我说："不"么？

　　你要赶开我，对我说道："滚开，你这淘气的小狗"么？那么，走罢，妈妈，走罢！当你叫唤我的时候，我就永不到你那里去，也永不要你再喂我吃东西了。

　　如果我只是一只绿色的小鹦鹉，而不是你的小孩，亲爱的妈妈，你要把我紧紧地锁住，怕我飞走么？

　　你要对我指指点点地说道："你是一只怎样的不知感恩的鸟贼呀！整日整夜地尽在咬它的链子"么？

　　那么，走罢，妈妈，走罢！我要跑到树林里去；

　　我就永不再让你将我抱在你的臂里了。

（郑振铎　译）

职　业

〔印度〕泰戈尔

早晨，钟敲十下的时候，我沿着我们的小巷到学校去，

每天我都遇见那个小贩，他叫道："镯子呀，亮晶晶的镯子！"

他没有什么事情急着要做，他没有哪条街一定要走，他没有什么地方一定要去，他没有什么时间一定要回家。

我愿意我是一个小贩，在街上过日子，叫着："镯子呀，亮晶晶的镯子！"

下午四点，我从学校里回家。

从一家门口，我看得见一个园丁在那里掘地。

他用他的锄子，要怎么掘，便怎么掘，他被尘土污了衣裳，如果他被太阳晒黑了或是身上被打湿了，都没有人骂他。

我愿意我是一个园丁，在花园里掘地。谁也不来阻止我。

天色刚黑，妈妈就送我上床，

从开着的窗口，我看得见更夫走来走去。

小巷又黑又冷清，路灯立在那里，像一个头上生着一只红眼睛的巨人。

更夫摇着他的提灯，跟他身边的影子一起走着，他一生一次都没有上床去过。

我愿意我是一个更夫，整夜在街上走，提了灯去追逐影子。

（郑振铎　译）

恶 邮 差

〔印度〕泰戈尔

你为什么坐在那边地板上不言不动的，告诉我呀，亲爱的妈妈？

雨从开着的窗口打进来了，把你身上全打湿了，你却不管。

你听见钟已打四下了么？正是哥哥从学校里回家的时候了。

到底发生了什么事，你的神色这样不对？

你今天没有接到爸爸的信么？

我看见邮差在他的袋里带了许多信来，几乎镇里的每个人都分送到了。

只有爸爸的信，他留起来给他自己看。我确信这个邮差是个坏人。

但是不要因此不乐呀，亲爱的妈妈。

明天是邻村市集的日子。你叫女仆去买些笔和纸来。

我自己会写爸爸所写的一切信；使你找不出一点错处来。

我要从 A 字一直写到 K 字。

但是，妈妈，你为什么笑呢？

你不相信我能写得同爸爸一样好！

但是我将用心画格子，把所有的字母都写得又大又美。

当我写好了时，你以为我也像爸爸那样傻，把它投入可怕的邮差的袋中么？

我立刻就自己送来给你，而且一个字母，一个字母地帮助你读。

我知道那邮差是不肯把真正的好信送给你的。

（郑振铎　译）

十二点钟

〔印度〕泰戈尔

妈妈，我真想现在不做功课了。我整个早晨都在念书呢。

你说，现在还不过是十二点钟。假定不会晚过十二点钟罢；难道你不能把不过是十二点钟想象成下午么？

我能够很容易地想象：现在太阳已经到了那片稻田的边缘上了，老态龙钟的渔婆正在池边采撷香草做她的晚餐。

我闭上了眼就能够想到，马塔尔树下的阴影是更深黑了，池塘的水看来黑得发亮。

假如十二点钟能够在黑夜里来到，为什么黑夜不能在十二点钟的时候来到呢？

（郑振铎　译）

英 雄

〔印度〕泰戈尔

妈妈，让我们想象我们正在旅行，经过一个陌生而危险的国土。

你坐在一顶轿子里，我骑着一匹红马，在你旁边跑着。

是黄昏的时候，太阳已经下山了。约拉地希的荒地疲乏而灰暗地展开在我们面前，大地是凄凉而荒芜的。

你害怕了，想道——"我不知道我们到了什么地方了。"

我对你说道："妈妈，不要害怕。"

草地上刺蓬蓬地长着针尖似的草，一条狭而崎岖的小道通过这块草地。

在这片广大的地面上看不见一只牛；它们已经回到它们村里的牛棚去了。

天色黑了下来，大地和天空都显得朦朦胧胧的，而我们不能说出我们正走向什么所在。

突然间，你叫我，悄悄地问我道："靠近河岸的是什么火光呀？"

正在那个时候，一阵可怕的呐喊声爆发了，好些人影子向我们跑过来。

你蹲坐在你的轿子里，嘴里反复地祷念着神的名字。

轿夫们，怕得发抖，躲藏在荆棘丛中。

我向你喊道："不要害怕，妈妈，有我在这里。"

他们手里执着长棒，头发披散着，越走越近了。

我喊道："要当心！你们这些坏蛋！再向前走一步，你们就要送

56

命了。"

他们又发出一阵可怕的呐喊声，向前冲过来。

你抓住我的手，说道："好孩子，看在上天面上，躲开他们罢。"

我说道："妈妈，你瞧我的。"

于是我刺策着我的马匹，猛奔过去，我的剑和盾彼此碰着作响。

这一场战斗是那么激烈，妈妈，如果你从轿子里看得见的话，你一定会发冷战的。

他们之中，许多人逃走了，还有好些人被砍杀了。

我知道你那时独自坐在那里，心里正在想着，你的孩子这时候一定已经死了。

但是我跑到你的跟前，浑身溅满了鲜血，说道："妈妈，现在战争已经结束了。"

你从轿子里走出来，吻着我，把我搂在你的心头，你自言自语地说道：

"如果我没有我的孩子护送我，我简直不知道怎么办才好。"

一千件无聊的事天天在发生，为什么这样一件事不能够偶然实现呢？

这很像一本书里的一个故事。

我的哥哥要说道："这是可能的事么？我老是在想，他是那么嫩弱呢！"

我们村里的人们都要惊讶地说道："这孩子正和他妈妈在一起，这不是很幸运么？"

（郑振铎　译）

榕　树

〔印度〕泰戈尔

　　喂，你站在池边的蓬头的榕树，你可会忘记了那小小的孩子，就像那在你的枝上筑巢又离开了你的鸟儿似的孩子？

　　你不记得是他怎样坐在窗内，诧异地望着你深入地下的纠缠的树根么？

　　妇人们常到池边，汲了满罐的水去，你的大黑影便在水面上摇动，好像睡着的人挣扎着要醒来似的。

　　日光在微波上跳舞，好像不停不息的小梭在织着金色的花毡。

　　两只鸭子挨着芦苇，在芦苇影子上游来游去，孩子静静地坐在那里想着。

　　他想做风，吹过你的萧萧的枝杈；想做你的影子，在水面上，随了日光而俱长；想做一只鸟儿，栖息在你的最高枝上，还想做那两只鸭，在芦苇与阴影中间游来游去。

（郑振铎　译）

最后的买卖

〔印度〕泰戈尔

早晨，我在石铺的路上走时，我叫道："谁来雇用我呀。"
皇帝坐着马车，手里拿着剑走来。
他拉着我的手，说道："我要用权力来雇用你。"
但是他的权力算不了什么，他坐着马车走了。

正午炎热的时候，家家户户的门都闭着。
我沿着屈曲的小巷走去。
一个老人带着一袋金钱走出来。
他斟酌了一下，说道："我要用金钱来雇用你。"
他一个一个地数着他的钱，但我却转身离去了。

黄昏了，花园的篱上满开着花。
美人走出来，说道："我要用微笑来雇用你。"
她的微笑黯淡了，化成泪容了，她孤寂地回身走进黑暗里去。
太阳照耀在沙地上，海波任性地浪花四溅。
一个小孩坐在那里玩贝壳。
他抬起头来，好像认识我似的，说道："我雇你不用什么东西。"
从此以后，在这个小孩的游戏中做成的买卖，使我成了一个自由的人。

（郑振铎　译）

无价的宝石①

〔印度〕泰戈尔

恒河边上，萨纳丹数着念珠祷告，这时，一个衣衫褴褛的婆罗门教徒走到他的身边，说："帮帮我吧，我这么贫穷！"

"我的施舍之碗是我的全部财产。"萨纳丹说，"我已经施光我所拥有的一切。"

"但我的主人湿婆托梦给我，"婆罗门教徒说，"建议我来找你。"

萨纳丹突然回想起他曾拾到过一块无价的宝石，是在河岸的卵石中拾到的，他想，也许有人需要它，因而就把它埋藏在沙土中了。

他把藏匿宝石的地点告诉了婆罗门教徒，后者惊异地挖出了宝石。

婆罗门教徒坐在地上，独自沉思，直到太阳从树梢落了下去，牧童赶着羊群返回家园。

这时，他站起身来，慢悠悠地走到萨纳丹跟前，说："大师，有一种财富对世上的一切财富都不屑一顾，施给我哪怕一点儿那样的财富吧。"

说罢，他把珍贵的宝石扔进了水里。

（吴笛　译）

---

① 选自《采果集》第 27 首，题目为编者所加。

最好的婆罗门①

〔印度〕泰戈尔

一轮红日落进了河流西边的密林。

隐修院的孩子们已经放牧归来，围坐在炉边，倾听大师高塔马讲经，这时，一个陌生的少年走来，向高塔马致敬，献上水果和鲜花，深深地伏在他的脚前，用鸟儿一般婉转悦耳的声音说："大师，我来到这里向您求教，让您领我走上至诚的道路。

"我的名字叫萨蒂亚伽马。"

"祝福你。"大师说。

"孩子，你出身于什么家族？只有婆罗门才配得上追求最高的智慧。"

"大师，"少年答道，"我不知道我出身于什么家族。我去问我母亲。"

说罢，萨蒂亚伽马转身离开，他蹚过浅浅的河水，回到母亲的茅屋。这间茅屋坐落在寂静村庄尽头处的荒丘上。

屋内点着昏暗的灯火，母亲站在门口的黑暗中，等待着儿子的归来。

她把儿子紧紧地搂到怀中，亲吻着他的头发，询问他求教的情况。

"亲爱的妈妈，我父亲叫什么名字？"孩子问道。

---

① 选自《采果集》第64首，题目为编者所加。

"高塔马大师对我说，只有婆罗门才配得上追求最高的智慧。"

这位妇人垂下眼睛，低声说道：

"我年轻时，是个穷苦人，侍奉过许多老爷。宝贝儿，你来到你妈妈贾巴拉怀里的时候，你妈妈还没有丈夫。"

初升的太阳在隐修院的树梢上闪耀着光辉。

古树下，弟子们坐在师傅面前，晨浴之后，他们蓬乱的头发仍旧湿淋淋的。

萨蒂亚伽马走了过来。

他伏到圣人的脚前，深深地鞠躬致礼。

"告诉我，"大师问道，"你出身于什么家族？"

"师傅，"少年答道，"我不知道。我问我母亲时，她告诉我说：'我年轻时侍奉过许多老爷，你来到你妈妈贾巴拉怀里的时候，你妈妈还没有丈夫。'"

顿时，像受到惊扰的蜂箱爆发起一阵愤怒的嗡嗡声，弟子们喊喊喳喳地咒骂这位被遗弃者的不知羞耻的狂言。

大师高塔马从座位上站了起来，伸开双臂，把这个孩子一把搂到自己的怀里，说："我的孩子，你是最好的婆罗门。你继承了最高尚的诚实。"

（吴笛　译）

很久很久以前①

〔印度〕泰戈尔

很久很久以前，蜜蜂在夏日的花园中恋恋不舍地飞来飞去，月亮向着夜幕中的百合微笑，闪电倏地向云彩抛下它的亲吻，又大笑着跑开。诗人站在树林掩映、云霞缭绕的花园一隅，让他的心沉默着，像花一般恬静，像新月窥人似地注视他的梦境，像夏日的和风似地漫无目的地飘游。

四月的一个黄昏，月儿像一团雾气从落霞中升起。少女们在忙碌地浇花喂鹿，教孔雀翩翩起舞。蓦地，诗人放声歌唱："听呀，倾听这世间的秘密吧！我知道百合为月亮的爱情而苍白憔悴；芙蓉为迎接初升的太阳而撩开了面纱，如果你想知道，原因很简单。蜜蜂向初绽的素馨低唱些什么，学者不理解，诗人却了解。"

太阳羞红了脸，下山了，月亮在树林里徘徊踟躇，南风轻轻地告诉芙蓉：这诗人似乎不像他外表那样单纯呀！妙龄少女，英俊少年含笑相视，拍着手说："世间的秘密已然泄露，让我们的秘密也随风飘去吧！"

(石真 译)

---

① 选自《爱者之贻》第17首，题目为编者所加。

你爱，我爱①

〔印度〕泰戈尔

我爱这铺满沙砾的河岸，鸭群在寂静的水塘里呷呷嬉戏，乌龟在阳光下晒暖；夜幕四垂时，漂泊的渔船停泊在高高的水草丛里。

你爱那盖满绿茵的河岸，茂密的竹林郁郁葱葱，汲水的姑娘们沿着蜿蜒的小径迤逦而行。

同一条河在我们中间流淌，向它的两岸低唱着同一支歌。我独自躺在星光下的沙滩上，倾听着；晨光熹微中，你一人坐在河岸边，倾听着，只是河水对我唱了什么，你不知道；它倾诉给你的，对我也永远是个难解的谜。

（石真　译）

---

① 选自《爱者之贻》第23首，题目为编者所加。

姑娘们去河边汲水①

〔印度〕泰戈尔

姑娘们去河边汲水，树林中传来她们的笑声；我渴望和姑娘们一道儿，走在通向河边的小路上；那里羊群在树荫下吃草，松鼠从阳光下轻捷地掠过落叶，跳进阴影里。

但是，我已经做完一天应做的事情，我的水罐已经灌满，我伫立在门外，凝望着闪光滴翠的槟榔树叶，聆听着河畔汲水姑娘的欢笑。

日复一日，在露水洗过一般清新的清晨，在暮色苍茫慵倦的黄昏，担负起去取回满罐水的任务，始终是我最喜爱、最珍视的享受。

当我意兴阑珊，心情烦乱的时候，那满罐汩汩作声的清水温柔地拍抚着我；它也曾伴随着我欢乐的思绪、无声的笑颜一起欢笑；当我伤心的时候，它泪水盈盈，呜咽地向我倾诉心曲；我也曾在风狂雨骤的日子，抱着它走在路上，哗哗的雨声淹没了鸽子焦心的哀鸣。

我已经做完一天应做的事情，我的水罐已经灌满，西方的斜晖已经暗淡，树下的阴影已经更深更重；从开满黄花的亚麻田中传来一声长叹，我的不安的眼睛瞭望着村中通向河水深黑的河岸的蜿蜒小路。

（石真 译）

---

① 选自《爱者之贻》第41首，题目为编者所加。

大吃一惊①

〔印度〕泰戈尔

我住在路的那一边，那里浓荫遮盖，黯淡无光，我看见对面邻人的花园，那里姹紫嫣红，阳光灿烂。

我感到我很贫穷，饥饿使我挨门乞讨。

富有的人们信手施舍得愈多，我愈意识到我的贫困。

直到一天清晨，房门被人猛然推开，将我惊醒。你来了，来向我乞求布施。

我绝望地打破箱盖，却发现了我的财富，不由得大吃一惊。

（石真 译）

---

① 选自《渡口》第47首，题目为编者所加。

参加葬礼回来①

〔印度〕泰戈尔

父亲参加完葬礼回来了。

他七岁的儿子睁大着眼睛，伫立在窗边，一只金色的护身符挂在他的脖子上；他的脑海里充满了小小年纪难以理解的思想。

他的父亲把他搂在怀里，而他却问道："妈妈在哪儿？"

"在天堂里，"他的父亲指着天空回答。

深夜，悲痛倦乏的父亲，在昏睡中呻吟。

一盏孤灯在卧室的门口闪着幽微的光亮，一只蜥蜴在墙上捕捉飞蛾。

孩子从睡梦中醒来，用手摸索着空荡荡的床，然后悄悄地走到外面宽敞的平台上。

他仰面朝着天空，在沉默中久久地凝神而望；他那困惑的心灵把疑问射向遥远的黑夜："天堂在哪里？"

没有传来一声答复；只有繁星宛若一滴滴炙热的泪珠，闪烁在无知的黑暗里。

（魏得时 译）

---

① 选自《游思集》第21首，题目为编者所加。

画家的报复①

〔印度〕泰戈尔

一位画家在集市上卖画。不远处，前呼后拥地走来一位大臣的孩子，这位大臣在年轻时曾经把画家的父亲欺诈得心碎地死去。

这孩子在画家的作品前面流连忘返，并且选中了一幅，画家却匆忙地用一块布把它遮盖住，并声称这幅画不卖。

从此以后，这孩子因为心病而变得憔悴；最后，他父亲出面了，并且愿意付出一笔高价。可是，画家宁愿把这幅画挂在他画室的墙上，也不愿意出售；他阴沉着脸坐在画前，自言自语地说，"这就是我的报复。"

每天早晨，画家画一幅他信奉的神像，这是他表现信仰的惟一方式。

可是现在，他觉得这些神像与他以前画的神像日渐相异。

这使他苦恼不已，他徒然地寻找着原因；然而有一天，他惊恐地丢下手中的画，跳了起来，他刚画好的神像的眼睛，竟然是那大臣的眼睛，而嘴唇也是那么地酷似。

他把画撕碎，并且高喊："我的报复已经回报到我的头上来了！"

（魏得时　译）

---

① 选自《游思集》第 30 首，题目为编者所加。

原初的生命①

〔印度〕泰戈尔

翠鸟坐在一只空船的头上纹丝不动，一条水牛躺在河边浅水里悠闲舒适，它半闭着眼睛，在品尝那清凉泥浆的美味。

母牛在堤岸上嚼食嫩革；一群跳跃着捕捉飞蛾的沙立克鸟紧随其后；它们并没有被村子里那恶狗的狂吠声吓得胆颤心惊。

我坐在罗望子树的丛林里，这儿聚集了不能言语的生命的喧闹声：牛儿的哞叫，鸟雀的喊喳，头顶上一只老鹰的尖唳，蟋蟀的唧唧，还有一条鱼儿在河里嬉水叮咚。

我窥视这生命的原始的哺育所，在这儿，大地母亲为这些原初的生命紧密地围绕着她的胸怀而激动不已。

(魏得时 译)

---

① 选自《游思集》，题目为编者所所加。

豢养的小鹿①

〔印度〕泰戈尔

冬天已经过去，白天渐渐地变长；在阳光下，我的狗狂野地和那只为玩赏而豢养的小鹿尽情地嬉戏。

赶集的人们聚集在篱笆的边上，喧笑着观赏这一对游戏的伙伴，它们正用完全陌生的言语竭力表达爱慕之情。

空气里荡漾着春天的气息，青嫩的绿叶宛若火焰闪烁着蓝光。小鹿那乌黑的眸子里，有一丝光芒在舞蹈，蓦然间她受到惊动，弯下她的颈项察看自己的影子的晃动，或者竖起耳朵谛听风中的细语。

在游移不定的微风中，在到处都是沙沙声响和幽幽微光的四月的天空中，春天的消息飘飘而来。它歌唱青春在世间的第一阵楚痛；此时此刻，蓓蕾绽开成第一朵鲜花，爱情把早已熟悉的一切委弃在身后，向前寻觅陌生而新颖的内容。

有一天午后，在阿姆莱克树林里，当林荫由于阳光悄悄地拥抱，而变得肃穆甜美的时候，小鹿撒腿飞奔，宛若一颗爱恋着死亡的流星。

暮色渐渐地变浓。屋子里灯火通明，繁星闪烁，夜色笼罩着田野，可是小鹿却始终没有返回。

我的狗呜咽着跑到我的跟前，他那引人哀怜的眼神在向我发问，似乎在说："我不明白？"

可是，谁能明白呢？

（魏得时　译）

---

① 选自《游思集》，题目为编者所加。

苦 行 僧①

〔印度〕泰戈尔

在森林的深处，这位苦行的修士双目紧闭着进行修炼，他希冀开悟成道，进入天国。

可是那位拾柴的姑娘，却用裙子给他兜来水果，又用绿叶编织的杯子从小溪给他舀来清水。

日子一天天地过去了，他的修炼日趋艰苦，最后，他甚至不吃一个水果，不喝一滴清水；那拾柴的姑娘悲伤不已。

天国的上帝听说有个凡人竟然希冀成为神灵，虽然上帝曾经一次又一次挫败他的劲敌——泰坦巨神，并且把他们赶出他的疆域，但是他害怕具有承受磨难的力量的人。

然而他谙熟芸芸众生的秉性，于是便设计诱惑这个凡夫俗子放弃他的冒险。

一阵微风自天国吹来，亲吻着拾柴姑娘的四肢；她的青春由于突然沉浸在美丽之中而充满渴望，她纷乱的思绪仿佛巢窝受到侵扰的蜜蜂嗡嗡作响。

时辰已经来到，这位苦行的修士该离开森林，到一个山洞去完成苛刻的修行。

---

① 选自《游思集》，题目为编者所加。

当他睁开双眼刚要动身，那位姑娘出现在他的面前，宛若一首熟悉却又难以忆起的诗歌，由于韵律的增添而显得陌生。苦行的修士缓缓起身，告诉她说他离开森林的时辰已经来临。

"可是你为什么要夺去我侍候你的机会?"她噙着热泪问道。

他再次坐下，沉思良久，便留在了原来的地方。

那天深夜，悔恨之心搅得姑娘难以入眠；她开始惧怕自己的力量，而且痛恨自己的胜利；然而她的内心却在骚动不安的欢乐的波浪上摇荡。

清晨，她前来向苦行的修士行礼，并且说她必须离他远去，希望得到他的祝福。

他默默地注视着她的脸蛋，然后说："去吧，祝你如愿。"

年复一年，他独自打坐修炼，直到功德圆满。

众神之王从天上降临，告诉他说他已经赢得了天国。

"我不再需要了。"他说。

上帝问他希望得到什么更加丰厚的报酬。

"我要那个拾柴的姑娘。"

（魏得时　译）

误入天堂①

〔印度〕泰戈尔

这个人没有任何实在的工作，只有各种各样的异想天开。

因此，在一生都荒废于琐事之后，他发现自己置身于天堂，这使得他大惑不解。

原来这是引路的天使出了差错，把他错领到一个天堂——一个仅仅容纳善良、忙碌的灵魂的天堂。

在这个天堂里，我们的这个人在道路上逍遥闲逛，结果却阻塞了正经事儿的畅通。

他站在路旁的田野里，人家便警告他践踏了播下的种子；推他一把，他惊跳而起；挤他一下，他向前举步。

一个忙碌不停的女郎来到井边汲水，她的双脚在路上疾行，宛如敏捷的手指划过竖琴的琴弦；她匆促地把头发挽了一个不加任何修饰的发结，而垂挂在她额头的松散的发绺，正窥视着她的乌黑的眸子。

这个人对她说："能借我一下你的水罐吗？"

"我的水罐？"她问，"去汲水？"

"不，给它画上一些图案。"

"我没有时间可以浪费。"她蔑视地拒绝。

---

① 选自《游思集》，题目编著所加。

现在，一个忙碌的灵魂，无法抗拒一个无所事事的人。

她每天在井栏边遇见他，他每天向她重复那个请求；最后，她终于让步。

我们的这个人在水罐上画下了神秘而错综的线条，涂抹了各种奇异的色彩。

女郎接过水罐，左看右看，并且问："这是什么意思？"

"没有什么意思。"他回答。

女郎把水罐带回家里。在各种不同的光线下，她擎着水罐试图找出其中的奥秘。

深夜，她离开睡榻，点亮灯盏，从各个不同的角度凝神地审视这个水罐。

这是她生平第一次遇见没有意义的东西。

第二天，这个人又在井栏边徘徊。

女郎问："你想要什么？"

"再为你做一件事。"

"什么事？"她问。

"让我把这缕缕彩线编成一根发带，绾住你的头发。"

"有什么必要吗？"她问。

"没有任何必要。"他承认。

发带编好了。从此以后，她在头发上浪费许多时间。

这天堂里，那充分利用的舒展的时间之流，开始显现出不规则的断裂。

长老们感到困惑，他们在枢密院商议。

引路的天使承认自己的渎职，他说他把一个错误的人带错了一个地方。

这误入天堂的人被传唤来了；他的头巾色彩耀眼夺目，这明明白白地昭示出祸闯得有多大。

长老的首领说："你必须回到人间去。"

这个人如释重负地吐了口气:"我已经准备好了。"

那位头发上束着发带的女郎插话说:"我也准备好了!"

长老的首领第一次遇见一个没有任何意义的场面。

（魏得时　译）

仙女新娘①

〔印度〕泰戈尔

据说在森林里，在河流与湖泊汇合的地方，生活着几个乔装改扮的仙女；只有在她们飞去以后，她们的真像才能被清楚地看到。

有位王子来到这片森林，当他走近河流与湖泊的交汇处时，他看见一个村姑坐在堤岸上，正拨弄清水，把水仙花激荡得翩翩起舞。

他悄声问她："告诉我，你是什么仙女？"

听到这个问题，姑娘放声大笑，笑声响彻整个山坡。

王子心想她是个爱笑的瀑布仙女。

王子娶了仙女的消息传到国王那里，国王便派出人马把他们带回宫里。

王后看见新娘厌恶地转过脸去，公主气得满脸通红，侍女们则询问，难道仙女就是这种打扮？

王子低声地说："嘘！我的仙女是乔装改扮来到我们家的。"

一年一度的节日来临了，王后对她的儿子说："王亲国戚要来看看仙女，告诉你的新娘，不要在亲戚面前丢我们的脸。"

于是王子对他的新娘说："看在我对你的爱情份上，请你显露真像让我的王亲们看一看吧。"

_____

① 选自《游思集》，题目为编者所加。

她默默地坐了很久，然后点头允诺，但眼泪却顺着脸颊滚滚而下。

满月皓洁，王子身着结婚的礼服，走进新娘的房间。

房间里空无一人，只有一缕月光射进窗户，斜照在床上。

王亲们随着国王和王后一涌而进，公主站立在门口。

众人问："仙女新娘在哪里？"

王子回答说："为了把真像显露给你们看，她已经永远地消逝了。"

（魏得时　译）

竹 笛

〔印度〕泰戈尔

竹笛的话语，是永恒的话语；它是源于湿婆束发的恒河流水，每天都流经大地的胸田；它宛如仙界之子，在和死者灰烬的戏耍中从天而落。

我立在路旁，倾听着笛声；我不能理解当时我怀着一种什么样的心情。我本想把这种痛苦融会在那熟悉的苦乐之中，但它们都未能融会。我发现，它比那熟悉的微笑还清晰，比熟悉的眼泪还深沉。

我还发现，熟悉的东西并不是真理，而真理则是不熟悉的东西。这种奇怪的感受是怎么产生的呢？这用言语是无法回答的。

今天早晨，我一起来就听见那娶亲的人家吹响了竹笛。

平时，每天的笛声和这婚礼第一天的笛声有何相似之处呢？隐蔽的不满，深沉的失望；藐视、傲慢、疲惫；缺乏起码的信心，丑恶的无为争吵，无法饶恕的冲撞，生活中习以为常的贫穷——所有这一切，又怎么能用竹笛的仙语表达出来呢？

歌声从人世之巅，将所有熟悉的语言帷幕突然撕破。永恒的新郎和新娘，蒙着殷红而羞涩的头巾来相会，而这头巾正是在这笛声中被徐徐地揭去。

那边，竹笛奏起了交换花环的乐曲；这边，我望了一眼这位新娘。她颈上挂着金项链，脚腕上戴着两只脚镯，她仿佛伫立在泪湖之中一朵欢乐的莲花之上。

笛声赞美她成为新家的一员，然而对她却还不了解。姑娘从那熟悉的家园来到这里，做了这陌生人家的媳妇。

竹笛说，这才是真理。

（董灰忱　白开元　译）

小 巷

〔印度〕泰戈尔

我们这条用石头铺成的小巷,弯弯曲曲,一会儿向右,一会儿向左,仿佛有一天出来寻觅什么东西。但是,不论它拐向什么方向,它总会遇到一些障碍。这边楼房林立,那边楼户高矗,前面楼房鳞次栉比。

只要你抬头仰望,你就会看见,上边是一条天宇的宽带——它和小巷一样狭窄,它同小巷一样曲折。

小巷询问这狭窄的天带:"请问姐姐,你是哪座蓝城里的小街?"

中午,它在短暂的时间里看见了太阳,于是它就默默地对自己讲:"我一点儿都不明白,这是什么地方。"

两排楼房之间上空的雨云,渐渐变得浓重,就好像有人用铅笔涂掉了这条小巷中的一块光明。雨水在它的石路面上涓涓流淌,雨滴发出击鼓般的声响,宛如耍蛇时节一样。路很滑,行人的伞时而互相碰擦;一股水流,突然从屋檐上跳到行人的伞上,致使他们十分惊讶。

小巷感叹道:"要是干旱该多好哇!为什么要无缘无故地不断下雨呢?"

在帕尔衮月①,南风就像一位不幸的人,突然间闯进小巷;顿时纸屑飘舞,尘土飞扬。小巷气馁地说:"这一定是哪位疯癫的仙人醉得发狂!"

这条小巷的两侧,每天都堆积着各种垃圾——鱼鳞、炉灰、菜叶、

---

① 帕尔衮月:印历十一月,在公历二、三两月之间。

死老鼠。小巷知道，这一切都是现实。即便健忘，它也从来不会这样想："这一切都是为了什么？"

然而，当秋阳映在屋顶的晒台上，当祭祀的钟声当当敲响，小巷心里立刻感到："在这条石头砌成的道路之外，也许还存在某种伟大之光！"

这里，时间在流逝；阳光宛如忙碌的主妇的一角纱丽，从楼房的肩上滑落到小巷的边缘；时钟正打九点；女仆挟着篮子从市场上回来了；厨房里的炊烟和香气，充满了小巷；那里，人们在匆匆地赶路。

小巷当时又在想："这条石头砌成的道路上，一切都是真理。而我认为伟大的东西，只不过是一种幻想。"

（董友忱　白开元　译）

昆虫的天地

〔印度〕泰戈尔

卡弥尼树的枝丫，悬曳着露水打湿的坚韧的蛛丝。花园曲径的两旁，星散着小小的棕色蚁垤。上午，下午，我穿行其间，忽然发现素馨花枝绽开了花苞，达迦尔树缀满了洁白的花朵。

地球上，人的家庭看起来很小，其实不然。昆虫的巢穴何尝不是如此哩。它们不易看清，却处于一切创造的中心。世世代代，它们有许多的忧虑，许多的难处，许多的需求——构成了漫长的历史。日复一日，表现出不可阻止的生命力的活跃。

我在它们中间踯躅，听不到它们的饥渴、生死……永久的情感之流的流淌。我低吟诗行，斟酌字眼，以完成写了一半的歌曲。对于蜘蛛的世界，蝼蚁的社会，我这样斟字酌句是费解的、古怪的、毫无意义的。它们幽暗的天地里，是否回荡着摩挲的柔声，呼吸的妙曲，听不清的喁喁低语，无可表达的沉重的足音？

我是个凡人，我自信可以周游世界，甚至能够排除通往彗星、天狗口啖的日月的路上的障碍。然而，蜘蛛的王国对我是永远闭关的，那充满我痛苦、怨恨和喜悦的世界的尽头，蝼蚁的心灵的帘幕是永远低垂的。上午、下午，我在它们的"狭小而无限"之外的路上往返，目睹素馨花枝绽开花苞，达迦尔树缀满洁白的花朵。

（白开元　译）

黄　鹂

〔印度〕泰戈尔

我疑惑这只黄鹂出了什么事，否则它为何离群索居。第一次看到它，是在花园的木棉树底下，它的腿好像有点瘸。

之后每天早晨都看见它孤零零的，在树篱上逮虫；时而进入我的门廊，摇摇晃晃地踱步，一点儿也不怕我。

它何以落到这般境地？莫非鸟类的社会法则逼迫它四处流浪？莫非鸟族的不公正的仲裁使它产生了怨恨？

不远处，窃窃低语的几只黄鹂在草叶上跳跃，在希里斯树枝间飞来飞去，对那只黄鹂却是视而不见。

我猜想，它生活中的某个环节，兴许有了故障。披着朝晖，它独个儿觅食，神情是悠然的。整个上午，它在狂风刮落的树叶上蹦跳，似乎对谁都没有抱怨的情绪，举止中也没有归隐的清高，眼睛也不冒火。

傍晚，我再也没看见它的踪影。当无伴的黄昏孤星透过树隙，惊扰睡眠地俯视大地，蟋蟀在幽黑的草丛里聒噪，竹叶在风中低声微语，它也许已栖息在树上的巢里了。

（白开元　译）

沙 丘 地

〔印度〕泰戈尔

西边的果园、树木、耕地延伸着，延伸着，溶入远方森林的紫岚。

绍塔尔族的村庄隐没在果浆树、棕榈树、罗望子树丛里，没有树荫庇护的红土路蜿蜒绕过村庄，犹如墨绿的纱丽的殷红贴边。突兀地矗立着的一株棕榈树，仿佛在为羁旅的迷茫指示方向。

北边绵延的绿色林带被捅出一个豁口，泥土流失，凹凸的红岩透现沉默的骚动；错杂其间的锈斑似的黑土，像魔鬼变成的水牛角。

造化在自己的院落的一隅用雨水冲刷，营造了人们游玩的默默无闻的山丘，山脚下流着供人泼水戏闹的无名小河。

在秋日的西天残阳简短的告别仪式上，簇拥着驳杂的色彩。这时，我在大地青灰的游戏之上发现了壮丽，它使我想起以前一个罕有的黄昏，在红海边杳无人烟的光秃秃的赤红峰峦上同样的景观。

在那条土路上，年初袭来的风暴好似古代骁勇的骑士，高举赭色战旗，摁下参天大树的脑袋，震颤红木、麻栗树挑起幽静的竹林里的一声声叹息，冲进香蕉园，实行暴虐的统治。

注视着啜泣的天穹下灰蒙蒙起伏的沙砾，我脑海里浮现起红海上骤起的风暴，纷纷扬扬溅落的水珠。

年幼时我曾到过那里。

汩汩流出岩洞的清泉曾诱发我神奇的遐想。寂静的中午，我独自把捡来的鹅卵石堆成各种建筑物。

岁月如水，以往的几十年像岩石上滑跃的洞水，在我身上滑过去了。住在天穹下赤裸的沙丘地的边缘，我塑造了工作的形象，如同我儿

时用鹅卵石堆建城堡。

在我写作雨曲的雨天，与我一起把目光投向那红松，那孤僻的棕榈树，那成为至交的绿野和红壤的人，对我袒露胸襟的人，有的健在，有的已去了。

了结了我白昼的事情的子夜，他们在天庭对我召唤。

而后呢？北边大地坼裂的胸脯照样辉映血红的霞光，南边的农田照样生长作物，牛羊照样在东边的旷野里吃草，村民们照样沿着红土路走向集市，西天的边沿照样是一条蓝线。

（白开元　译）

玩具的自由

〔印度〕泰戈尔

穆尼小姐卧房里的日本木偶名叫哈娜桑，穿一条豆绿色绣金花日本长裙，她的新郎来自英国商场，是没落王朝的王子，腰间佩戴宝剑，王冠上插一根长长的羽翎。

黄昏，电灯亮了，哈娜桑躺在床上。

不知哪儿来的一只黑蝙蝠在房里飞来飞去，它的影子在地上旋转。

哈娜桑忽然开口说："蝙蝠，我的好兄弟，带我前往云的国度。我生为木偶，愿意在游戏的天国做度假的游戏。"

穆尼小姐进屋找不到哈娜桑，急得大叫起来："哈娜桑，你在哪儿？"

庭院外面榕树上的神鸟邦迦摩说："蝙蝠兄弟带着她飞走了。"

"哦，神鸟哥哥，"穆尼央求道，"请带我去把哈娜桑接回来。"

神鸟展翅翱翔，带着穆尼飞了一夜，早晨到达云彩的村寨所在的罗摩山。

穆尼大声呼喊："哈娜桑，你在哪儿？我接你回去做游戏。"

蓝云上前说："人知道什么游戏？人只会束缚他用来做游戏的器具。"

"你们的游戏是怎样的呢？"穆尼小姐问。

黑云隆隆地吼叫着灼灼地朗笑着飘过来说："你看，她化整为零，在缤纷的色彩中，在罡风和霞光中，在各个方向各种形态中度假。"

穆尼万分焦急："神鸟哥哥，家里婚礼已准备就绪，新郎进门不见新娘会发怒的。"

　　神鸟笑嘻嘻地说：　"索性请蝙蝠把新郎也接来，在暮云上举行婚礼。"

　　"那人间只剩下哭泣的游戏了。"穆尼一阵心酸，泪如雨下。

　　"穆尼小姐，"神鸟说，"残夜消逝，明天早晨，雨水清洗的素馨花瓣上也是有游戏的，可惜你们谁也看不见。"

（白开元　译）

爱的金子

〔印度〕泰戈尔

鞣皮匠罗比达斯正在扫地。

路是他的亲人，孤独是他的伙伴。

行人远远地躲着他走路。

长老罗摩难陀晨浴完毕，走回寺院。距他一丈之遥，罗比达斯匍匐在地，行叩拜大礼。

罗摩难陀惊诧地问："朋友，你是何人？"

"我是路上干燥的尘粒，师傅，您是天上的云彩，您如果降落爱的甘霖，哑默的尘埃放声高歌，遍地鲜花怒放。"

罗摩难陀把他搂在胸口，给了他爱。

罗比达斯生命的花丛里吹进了歌声悠扬的春天的和风。歌声传入吉托尔国王后佳莉的耳中，她不禁黯然神伤，支派宫女做事，眼泪簌簌滚落。

抛弃王后的尊贵，佳莉找到罗比达斯，皈依了毗湿努教派。

王族年高德劭的祭司闻知此事，悲愤地对王后说："可耻呀，王后，罗比达斯种姓低贱，你竟称他师傅，丢尽了你王国婆罗门的脸面。"

王后庄重地说："听我一言，尊敬的祭司，你日日夜夜专打清规戒律的死结，不知道爱的金子已经丢失，是我手沾灰尘的师傅从尘土里把它捡了起来。你可以骄傲地抱住那些毫无意义的打结的绳索，可我是爱的金子的乞丐，宁可头顶着尘土的赠予。"

（白开元　译）

一个人是一个谜

〔印度〕泰戈尔

一个人是一个谜，人是不可知的。

人独自在自己的奥秘中流连，没有旅伴。

在烙上家庭印记的框架内，我划定人的界限。

定义的围墙内的寓所里，他做着工资固定的工作，额上写着"平凡"。

不知从哪儿，吹来爱的春风，界限的篱栅飘逝。"永久的不可知"走了出来。

我发现他特殊、神奇、不凡，无与伦比。

与他亲近需架设歌的桥梁，用花的语言致欢迎词。

眼睛说："你超越我看见的东西。"

心儿说："视觉、听觉的彼岸布满奥秘——你是来自彼岸的使者，好像夜阑降临，地球的面前显露的星斗。"

于是，我蓦然看清我中间的"不可知"，我未找到的感觉，"时时在更新"。

（白开元　译）

纳哈尔·辛格

〔印度〕泰戈尔

遵奉莫卧儿皇帝的命令，阿夫拉沙尔·汗、慕加法尔·汗、穆罕默德·阿明·汗率兵出征。藩王郭帕勒·辛格·瓦多利亚、乌特伊托·辛格·本德拉率领本邦人马配合作战。

莫卧儿军队包围了库卢达普尔。出路切断，粮草断绝，潘德·辛格率领锡克教徒坚守城堡。

一发发炮弹飞过城墙，落在城内爆炸。城外数不清的火把映红四野，映红夜空。

锡克人的粮仓里，已经没有一粒小麦、玉米、谷子。柴薪已经烧光。他们饥饿难忍，撕嚼生肉。有的甚至割自己小腿的肉充饥。树皮、树枝磨成粉，烙成饼，分给守城的将士。

像在地狱里熬了八个月，库卢达普尔终于陷落。死亡的宴筵上血流成河。战俘们虚弱地呻吟："啊，师尊。"锡克人一个个被杀害。

锡克族青年纳哈尔·辛格清秀的面庞闪耀着心灵纯朴的光彩，双眸像两支凝结的颂神曲，光洁细腻的身体，仿佛天国的艺术家用闪电的刻刀镌刻而成。他十八、九岁光景，像一株娑罗树苗，刚劲地向上生长，但南风吹来，仍轻轻摇动。他的身心洋溢着不竭的生气。

他被押进刑场。人们惊讶而可怜地望着他的脸。刽子手的大刀迟疑的当儿，钦差赶到，宣读萨亚德·阿卜杜拉·汗赦免的手谕。

替纳哈尔·辛格松绑的时候，他问道："为何单单免我一死？"

回答是：他守寡的母亲为他叫冤，说他不是锡克教徒，他是被强征入伍的。

纳哈尔羞愤交加，满面通红地说："我不需要虚伪的怜悯，我是锡克教徒，我说真话赢得永久的自由。"

（白开元　译）

罗望子树①

〔印度〕泰戈尔

我不曾获得生活中许多难得的财富，我素不爱伸手，结果失得更多。

在这熟悉的人世间，罗望子树开的花，像蒙着面纱从不打扮的秀丽的乡村姑娘，高傲地鄙视对她的鄙视。

墙边杂蒿的泥土里，长出的一株矮树缺少空间，贴着地面横生密枝。

无从确定它是否年迈。

不远处，柠檬树花儿盛开，瞻昙伽②树枝缀满碎花，金香木初绽花蕾，野茉莉洁白如雪。

它们口齿清晰，它们在召唤我与它们交谈。

那一方面纱下的微语，今日突然传到我的耳中。

寻声望去，路边的罗望子树的一朵羞涩的黄花，散发着清香，花瓣上有闪光的字迹。

在加尔各答城里的祖宅里，一棵儿时就熟识的罗望子树，似司掌方

---

① 罗望子树，夏季开花，花黄或橙色，略带红色，木材坚硬致密。果实可为药，有清热缓泻之效。果汁加糖和水，为最佳的清凉饮品。
② 印度圣树，开金黄碎花，木兰花属植物。

向的神祇，立在西北角落，年龄与曾祖父相仿，像一位忠实的老仆人。

家里许多人降生和谢世的时辰，它都肃穆地站立着，仿佛是聋哑的历史学家。

有资格享用树上果实的几个人的姓名，比它落叶飘逝得更早，对他们的回忆比它的荫影还要飘渺。

罗望子树底下，瓦顶的马厩里，马尥蹶子令人心烦。

马夫的喝斥声不知是哪天停息的。

马车载人的年月，已经抵达历史的彼岸。

时代已面目全非，马嘶归于静寂，马车夫修剪整齐的胡须和扬鞭的神气劲儿，连同时髦的气派，走进了急速变化的时尚的后台。

当年每天上午十时的阳光下，罗望子树底下驶出严守家规的马车，拉着无可奈何的厌学的少年，消失在街道的人流之中。

如今，这少年的形体、思想、境况，与那时迥然不同了。但罗望子树依旧原地矗立，对人世的荣辱沉浮不屑一顾。

有一天的情景历历在目——下了一夜滂沱大雨；早晨阴空的颜色，跟疯子的眼珠一样。

迷失方向的飓风横冲直撞，宇宙无形的笼子里，一只巨鸟振翼扑击着四野。

街上积满雨水，庭院在水中漂浮。

我在游廊里望见，昂首天际的罗望子树像发怒的修道士，树叶飒飒地呵斥。

低垂的云天的压迫下，街道两旁惊惶的房屋不敢抗争，惟有罗望子树摇晃着簇叶，发出叛逆的呐喊和毫无顾忌的诅咒。

在密密麻麻瞠目结舌的砖木中间，它俨然是大森林正气凛然的代表。

那天我有幸目睹雨水冲得灰白的天边它抗暴的雄姿。

然而，秋去春来，无忧树、帕古尔树赢得赞誉的时际，我发觉它像时令之宫的门卫，冷漠，暴躁。

谁了解它不雅阔大的外形的里面，有淳厚的性格？

谁了解春天的家族中它有高尚的情操？

今天，我视它为花族的真正成员，它像神界的歌手基陀罗拉特——战胜阿周那①的勇士，在仙苑的绿荫下专心地练歌。

那时少年诗人的眼睛，在吉祥的时辰假如窥见它粗硕的躯干秘储的青春的激情，那么他会在蜜蜂的纤翼欢乐抖动的早晨，偷折一串香花，手指哆嗦地把它挂在兴奋得满面羞红的她的耳朵上。

她如果问是什么花，我兴许会说——你要是说出照拂你下巴的一抹阳光的名字，我才告诉你花名。

（白开元　译）

---

① 典出印度史诗《摩诃婆罗多》，阿周那是般度国王的第三个儿子。

鸟儿对话①

〔印度〕泰戈尔

驯养的鸟在笼里，自由的鸟在林中。

时间到了，他们相会，这是命中注定的。

自由的鸟说："呵，我爱，让我们飞到林中去吧。"

笼中的鸟低声说："到这里来吧，让我俩都住在笼里。"

自由的鸟说："在栅栏中间，哪有展翅的余地呢？"

"可怜呵，"笼中的鸟说，"在天空中我不晓得到哪里去栖息。"

自由的鸟叫唤说："我的宝贝，唱起林野之歌吧。"

笼中的鸟说："坐在我旁边吧，我要教你说学者的语言。"

自由的鸟叫唤说："不，不！歌曲是不能传授的。"

笼中的鸟说："可怜的我呵，我不会唱林野之歌。"

他们的爱情因渴望而更加热烈，但是他们永不能比翼双飞。

他们隔栏相望，而他们相知的愿望是虚空的。

他们在依恋中振翼，唱说："靠近些吧，我爱！"

自由的鸟叫唤说："这是做不到的，我怕这笼子的紧闭的门。"

笼里的鸟低声说："我的翅翼是无力的，而且已经死去了。"

(冰·心 译)

---

① 选自《园丁集》第6首，题目为编者所加。

清澈的亚穆纳河①

〔印度〕泰戈尔

清澈的亚穆纳河在深深的下方湍急地奔腾，高高矗立的河堤在上方皱眉蹙额。

周围聚集着密林溟蒙的群山，山洪在其间划出道道伤痕。

锡克教大师戈文达坐在岩石上，读着经文，这时，以富贵自傲的拉古纳特走了过来，向他鞠躬施礼，说：“我为您带来了一份薄礼，不成敬意，恳请赏脸。”

说罢，他拿出一对镶着昂贵宝石的金手镯，递到大师面前。

大师拿起一只，套到手指上快速旋转，宝石放射出一道道闪光。

突然间，这只手镯从他手中滑落，滚下堤岸，掉进水中。

“啊！”拉古纳特失声尖叫，跳进河水。

大师聚精会神地重念经文，河水藏住所获之物，又朝远处奔腾而去。

暮色茫茫，浑身湿淋淋的拉古纳特回到大师身边，已是筋疲力尽。

他气喘吁吁地说：“如果您告诉我手镯落在哪里，我还是能把它找回来的。”

大师拿起所存的一只手镯，挥手扔进水里，说：“就落在那里。”

（吴笛　译）

---

① 选自《采果集》第12首，题目为编者所加。

最后一朵莲花①

〔印度〕泰戈尔

经过酷冬的蹂躏，池中只剩下最后一朵莲花，花匠苏达斯精心采下，来到皇宫门前向国王出售。

这时，他遇上的一个行人对他说："请问这最后一朵莲花价格多少？我想把它买下献给佛陀。"

苏达斯说："如果你肯付一枚金币，就卖给你。"

行人付钱买花。

恰在这时，国王走了出来，很希望买下这朵莲花。因为他这是出门朝拜佛陀，心想，"若是把这朵在寒冬开放的莲花摆在佛陀的脚下，倒是一件美妙的事情。"

当花匠说他已经收下一枚金币时，国王说他愿出十枚，但行人又愿出双倍的价钱。

花匠很贪婪，心想，既然他们为了佛陀如此哄抬物价，那么一定能从他那儿得到更大的好处。于是他鞠躬说："这朵莲花我不卖了。"

在郊外芒果园的浓荫深处，苏达斯站在佛陀的面前。佛陀的唇上弥漫着无声的爱，眼中放射出宁静的光，宛若洁净如洗的秋空，挂着一颗启明星。

---

① 选自《采果集》第 19 首，题目为编者所加。

苏达斯凝望着他的脸，把莲花放到他的脚边，将头磕到了地上的尘埃。

佛陀笑容可掬地问道："我的孩子，你的愿望是什么？"

苏达斯叫道："只想碰一下你的脚。"

（吴笛　译）

罗曼·罗兰

（Romain Rlland，1866—1944）

　　法国作家。生于法国克拉姆西小镇。毕业于法国巴黎高等师范学校。主要作品有：《贝多芬传》、《米开朗琪罗传》、《托尔斯泰传》和长篇小说《约翰·克利斯朵夫》。

　　为了表彰"他的文学作品中的高尚理想和他在描绘各种不同类型人物时所具有的同情和对真理的热爱"，获诺贝尔文学奖。

自 由

〔法国〕罗曼·罗兰

这次战争显示了我们文明的宝藏是多么脆弱。在一切财富中，我们过去最引以自豪的"自由"到最后却显得比什么都软弱。千百年来，人类用牺牲、苦难、坚韧的努力、英雄精神和不屈不挠的信心赢得了自由；我们呼吸它珍贵的气息；我们很自然地享受它，正如我们享受那拂过大地、充塞在我们肺部的清鲜空气一样……而只要几天，这颗生命的宝石就被人偷去了；几小时内，在全世界，一片窒息的网罗便笼罩在"自由"的战栗的翅膀上。人们抛弃了它。不但如此，他们做了奴隶还要欢呼。我们又重新体会了那古老的真理："没有一次争取是一劳永逸地完成的。争取是一种每天重复不断的行动。人们必须一天又一天地坚持，不然就会消灭。"

呵，被出卖的自由，到我们忠实的心灵中来避难吧，掩上你受伤的羽翼！将来，它们一定会重新辉煌地翱翔。那时你又将成为千万人的偶像了。现在压迫你的人到那时就会歌颂你。现在你被人掠夺，被人打击，你是悲惨的，但在我们心目中，你从未像现在这样清丽。你双手空空，你已经没什么可以供献给爱你的人了，除了危险和你大无畏的眼睛里的笑意。然而，世界上一切财富都不能和这件礼物相比。跟随舆论和膜拜胜利的人绝不会跟我们争这件礼物。可是我们要昂起头，追随着你，被鄙视被排斥的基督，因为我们知道你会从墓中复活。

(孙梁 译)

忆

〔法国〕罗曼·罗兰

　　岁月悠悠，人生长河中开始浮起回忆的岛屿。最初是一些隐隐约约的小岛，那是露出于水面之上的几块零星的岩石。接着，又有新的岛屿开始在阳光下闪耀。茫茫时日，在伟大而单调的摆动中沉浮回转，令人难以辨认，但渐渐地终于显出一连串时而喜悦时而忧伤的首尾相衔的岁月，即便有时中断，但无数往事却仍能越过它们而连接在一起。

　　甜蜜的回忆，亲切的容貌，宛如谐音悠悠的旋律，不时萦回在你的心头，而在那往昔的经历中，纵有名邑大川、梦中风光，纵有恋人倩影，却怎么也比不上童年漫步时留在幼小的心灵上那深深的记忆，也比不上把小嘴贴在冰冷的窗上透过嘘满水汽的玻璃所看到的一角庭院那样叫人难忘。

（薛菲　译）

论 创 造

〔法国〕罗曼·罗兰

生命是一张弓，那弓弦是梦想。箭手在何处呢？

我见过一些俊美的弓，用坚韧的木料制成，了无节痕，谐和秀逸如神之眉；但仍无用。

我见过一些行将震颤的弦线，在静寂中战栗着，仿佛从动荡的内脏中抽出的肠线。它们绷紧着，即将奏鸣了，……它们将射出银矢——那音符——在空气的湖面上拂起涟漪，可是它们在等待什么？终于松弛了。永远没有人听到乐声了。

震颤沉寂，箭枝纷散；

箭手何时来捻弓呢？

他很早就来把弓搭在我的梦想上。我几乎记不起何时我曾躲过他。只有神知道我怎样地梦想！我的一生是一首梦。我梦着我的爱，我的行动和我的思想。在晚上，当我无眠时；在白天，当我白日幻想时，我心灵中的谢海莱莎特就解开了纺纱杆；她在急于讲故事时，把她梦想的线索搅乱了。我的弓跌到了纺纱杆一面。那箭手，我的主人，睡着了。但即使在睡眠中，他也不放松我；我挨近他躺着；我像那张弓，感到他的手放在我光滑的木杆上；那只丰美的手、那些修长而柔软的手指，它们用纤嫩的肌肤抚弄着在黑夜中奏鸣的一根弦线。我使自己的颤动溶入他身体的颤动中，我战栗着，等候苏醒的瞬间，那时神圣的箭手就会把我搂入他怀抱里。

所有我们这些有生命的人都在他掌中；灵智与身体、人、兽、元素——水与火——气流与树脂——一切有生之物……

生存何足道！要生活，就必须行动。您在何处，primns movens？我在向您呼吁，箭手！生命之弓在您脚下阑珊地横着。俯下身来，拣起我吧！把箭搭在我的弓弦上，射吧！

我的箭如飘忽的羽翼，嗖地飞去了；那箭手把手挪回来，搁在肩头，一面注视着向远方消失的飞矢；而渐渐的，已经射过的弓弦也由震颤而归于凝止。

神秘的发泄！谁能解释呢？一切生命的意义就在于此——在于创造的刺激。

万物都在期待着这刺激的状态中生活着。我常观察我们那些小同胞，那些兽类与植物奇异的睡眠——那些禁锢在茎衣中的树木、做梦的反刍动物、梦游的马、终身懵懵懂懂的生物。而我在他们身上却感到一种不自觉的智慧，其中不无一些悒郁的微光，显出思想快形成了：

"究竟什么时候才行动呢？"

微光隐没。他们又入睡了，疲倦而听天由命……

"还没到时候呐。"

我们必须等待。

我们一直等待着，我们这些人类。时候毕竟到了。

可是对于某些人，创造的使者只站在门口。对于另一些人，他却进去了。他用脚碰碰他们：

"醒来！前进！"

我们一跃而起。咱们走！

我创造，所以我生存。生命的第一个行动是创造的行动，一个新生的男孩刚从母亲子宫里冒出来时，就立刻洒下几滴精液。一切都是种籽；身体和心灵均如此。每一种健全的思想是一颗植物种籽的包壳，传播着输送生命的花粉。造物主不是一个劳作了六天而在安息日上休憩的有组织的工人。安息日就是主日，那伟大的创造日。造物主不知道还有什么别的日子。如果他停业创造，即使是一刹那，他也会死去。因为"空虚"会张开两颚等着他……颚骨，吞下吧，别作声！巨大的播种者散布着种籽，仿佛流泻的阳光；而每一颗洒下来的渺小种籽就像另一个太阳。倾泻吧，未来的收获，无论肉体或精神的！精神或肉体，反正都是同样的生命之源泉。"我的不朽的女儿，刘克屈拉和曼蒂尼亚……"我产生我的思想和行动，作为我身体的果实……永远把血肉赋予文字……这是我的葡萄汁，正如收获葡萄的工人在大桶中用脚踩出的一样。

因此，我一直创造着。……

（孙梁　译）

阿纳托尔·法朗士
(Anatole France，1844—1924)

　　法国作家、文学评论家和社会活动家。生于巴黎。由于父亲是书商，从小就生活在书海当中。主要作品有：《金色诗篇》、《波纳尔之罪》、《企鹅岛》、《诸神渴了》等。

　　为了"表彰他辉煌的文学成就，其特点是高贵的风格、深厚的人类同情、优雅和真正高卢人的气质"，获诺贝尔文学奖。

一个孩子的宴会

〔法国〕法朗士

　　玩"宴会"的游戏是多么有趣啊！你可以举行一个简单的宴会或一个复杂的宴会——随你的便。你就是什么东西都没有，也可以开一个宴会。你只须装做是有许多东西就得了。

　　戴丽丝和她的妹妹苞玲邀请皮埃尔和玛苔到乡下来参加一个宴会。正式通知早已经发出了，而且他们为此事也谈论了好几天。妈妈对她的这两个女孩子给了一些良好的忠告——也给了一些好吃的东西。她们有奶油杏仁糖，柔软的蛋糕，还有巧克力奶糕。餐桌是设在一个凉亭里。

　　"但愿天气很好！"戴丽丝大声说。她现在已经九岁了。一个人到了她这样的年龄就会知道，在这个世界上你最珍爱的希望常常是会落空的，你所想做的事情也常常是会无法实现。可是苞玲却没有这些烦恼。她想象不到天气会变坏。天将会是很晴朗的——因为她希望是如此。

　　啊，那伟大的一天终于是明朗清洁，阳光灿烂。天空上半点云块也没有。那两位客人也到来了。多幸运啊！因为客人不来也是戴丽丝担心的一件事情。玛苔曾得了感冒，也许她到时不能痊好。至于小小的皮埃尔呢，谁都知道他总是误掉火车。这不能怪他。这是一种不幸，但不是他的过错。她的妈妈是一个天生不遵守时间的人。不管在什么场合下，皮埃尔总要比别人迟到；在他一生之中，从来没有一件事情他能看到它的开始。这给他产生一种呆滞、听天由命的表情。

　　宴会开始了；绅士淑女们，各位请坐！戴丽丝当主人。她的态度是既殷勤而又严肃。主妇的本能现在在她内心里开始发生作用了。皮埃尔劲头十足地切起烤肉来。他的鼻子底到盘里，手肘翘到头上，他是在拿出他平生的气力为大家分切一只鸡腿。嗨！甚至他的双脚也在他这番努力中做出贡献了。玛苔小姐吃饭的态度很文雅。她既不慌张，也不发出响声，完全像一个成熟的姑娘。苞玲倒不是如此特别；她喜欢怎样吃就怎样吃，喜欢吃多少就吃多少。

戴丽丝一会儿伺候客人，一会儿自己也当客人，她感到非常满足；而满足比起快乐来是要略胜一筹的。小狗喜浦也来参加，吃掉那些残羹剩菜。当她看见它啃那些骨头时，她想：小狗们不会懂得成年人——也包括孩子们——的宴会是多么考究和优雅：这才是使人感到心旷神怡的东西哩。

（叶君健 译）

苏　珊

〔法国〕法朗士

你知道，鲁佛尔①是一个博物馆，那里藏着许多美丽和古老的东西
——这种作法很聪明，因为"古"和"美"都是同样值得敬仰的东西。
鲁佛尔博物馆里的名贵古物中有一件最感人的东西，那就是一块大理石
像的断片。它有许多地方显得很破旧，但上面刻的两个手里拿着花的人
却仍然可以看得很清楚。这是两个美丽女子的形象。当希腊还是年轻的
时候，她们也是年轻的。人们说，那是一个完美无缺的美的时代。把她
们的形象给我们留下的那位雕刻师，把她们用侧面像的形式表现了出
来。她们在彼此交换莲花——当时认为是神圣的花。从这花儿的杯形蓝
色花萼中，世人吸进苦难生活的遗忘剂。我们的学者们对这两位姑娘做
过许多思考。为了要了解她们，他们翻过许多书——又大又厚的书、羊
皮精装的书，还有许多用犊皮和猪皮精装的书。可是他们从来没有弄清
楚为什么这两个姑娘各人手里要拿着一朵花。

他们费了那么多的精力和思考、那么多辛苦的日子和不眠之夜所不
能发现的东西，苏珊小姐可是一会儿就弄清楚了。

她的爸爸因为要在鲁佛尔去办点事，就把她也带到那儿去了。苏珊
姑娘惊奇不止地观看那些古代文物，看到了许多缺胳膊、断腿、无头的
神像。她对自己说："啊！对了，这都是一些成年绅士们的玩偶；我可
以看出这些绅士们把他们的玩偶弄坏了，正像我们女孩子一样。"但当

① 这原是位置在巴黎塞纳河畔的一个宫殿，于 1541 年开始建筑。1793 年后
它成为了一个博物馆和美术馆，驰名于全世界。

108

她来到这两位姑娘面前时，看到她们每人手里拿着一朵花，她便给了她们一个吻——因为她们是那样娇美。接着她父亲问她：

"她们为什么相互赠送一朵花？"

苏珊立刻回答说：

"她们是在彼此祝贺生日快乐。"

她思索了一下，又补充了一句：

"因为她们是在同一天过生日呀。她们两人长得一模一样，所以她们也就彼此赠送同样的花。女孩子们都应该是同一天过生日才对呀。"

现在苏珊离开鲁佛尔博物馆和古希腊石像已经很远了；她现在是在鸟儿和花儿的王国里。她正在草地上的树林里度过那晴朗的春天。她在草地上玩耍——而这也是一种最快乐的玩耍。她记得这天是她的小丽雅克妮的生日；因此她要采一些花送给她，并且吻她。

（叶君健　译）

夏克玲和米劳

〔法国〕法朗士

　　夏克玲和米劳是朋友。夏克玲是一个小女孩，米劳是一只大狗。他们是来自同一个世界，他们都是在乡下长大的，因此他们彼此的理解都很深。他们彼此认识了多久呢？他们也说不出来。这都是超乎一只狗儿和一个小女孩记忆之外的事情。除此以外，他们也不需要认识。他们没有希望、也没有必要认识任何东西。他们所具有的惟一概念是他们好久以来——自从有世界以来，他们就认识了；因为他们谁也无法想象宇宙会在他们出生之前就已经存在。按照他们的想象，世界也像他们一样，是既年轻、又单纯，也天真烂漫。夏克玲看米劳，米劳看夏克玲，都是彼此彼此。

　　米劳比夏克玲要大得多，也强壮得多。当他把前脚搁到这孩子的肩上时，他足足比她高一个头和胸。他可以三口就把她吃掉；但是他知道，他觉得她身上具有某种优良的品质，虽然她很幼小，她是很可爱的。他崇拜她，他喜爱她。他怀着真诚的感情舔她的脸。夏克玲也爱他，是因为她觉得他强壮和善良。她非常尊敬他。她发现他知道许多她所不知道的秘密，而且在他身上还可以发现地球上最神秘的天才。她崇敬他，正如古代的人在另一种天空下崇敬树林里和田野上的那些粗野的、毛茸茸的神仙一样。

　　但是有一天她看到一件惊奇的怪事，使她感到迷惑和恐怖：她看到她所崇敬的神物、大地上的天才、她那毛茸茸的米劳神被一根长皮带系在井旁边的一棵树上。她凝望、惊奇着。米劳也从他那诚实和有耐性的眼里望着她。他不知道自己是一个神、一个多毛的神，因而也就毫无怨色地戴着他的带子和套圈一声不响。但夏克玲却犹疑起来了，她不敢走近前去，她不理解她那神圣和神秘的朋友现在成了一个囚徒。一种无名的忧郁笼罩着她整个稚弱的灵魂。

（叶君健　译）

开　学

〔法国〕法朗士

　　每年入秋，天空变得动荡不安，晚饭要掌灯，瑟瑟抖动的树上也开始有了黄叶，我要对你们说一说这使我回想起了什么；我还要对你们说一说，在十月最初的日子里，我穿过卢森堡公园时看见了什么，此刻的卢森堡公园有些忧伤，但也比别的时候更美丽，因为树叶一片一片地落在白色雕像的肩上。这时我看见公园里有一个小家伙，双手插在口袋里，背着书包，活像一只蹦蹦跳跳的麻雀，正往学校里去呢。只有我的思想才能看见他，因为这小家伙是个影子；这是 25 年前的我的影子。的确，我对这小家伙很感兴趣：他存在的时候，我不大理他；如今他不在了，我倒很是爱他。总的说，他比我失去他之后的那些我都强。他是个冒失鬼，但心地不坏，我还应该说句公道话，他没有给我留下一点点不好的回忆；我失去的是一个天真无邪的人：我怀念他，这很自然；我在思想中看见他，喜欢激起对他的回忆，这也很自然。

　　25 年前，就在这个季节，他八点钟之前穿过这座美丽的公园去上学。他的心有点儿发紧：开学了。

　　不过他还是蹦呀跳地，背上背着书，口袋里装着陀螺。想着又要看见同学了，他的心又快活起来。他有那么多事情要说，要听！难道他不应该知道拉博里埃特是否真地在雄鹰森林里打过猎吗？难道他不应该告诉他们，他也在奥弗涅的山里骑过马吗？做过这样的事情，那可不是为了藏起来不说的。再说，同学们又见面了，这多好啊！他好久没看见丰塔奈了，那是他的朋友，老是很友善地嘲笑他，这个丰塔奈比一只耗子大，却比尤利西斯还聪明，什么都拿第一，而且玩儿似地！

想到又要见着丰塔奈了，他觉得身子也轻了起来。他就这样在早晨清新的空气中穿过了卢森堡公园。他当时看见的一切，我今天还能看见。那是同一片天空，同一块土地；事情有它们昔日的灵魂，令我愉快，令我忧伤，令我惶惑；只是他不在了。

这就是为什么，随着老境日深，我对开学的兴致越来越浓厚。

倘若我当时是某中学的寄宿生，我对学习的回忆就会是残酷的，我将驱除净尽。幸好我的父母没有让我去服这苦役。我当时是一个古老中学的走读生，这学校有点儿像修道院，不大为人所知；我每天都看见街道和房屋，一点儿也不像那些寄宿生被隔离于公共生活和私人生活之外。所以，我的感觉绝非一个奴隶的感觉，我的感觉在柔情和力量中发展，这是一切在自由中成长壮大的东西所得之于自由的。仇恨没有掺杂进去。其中所蕴含的好奇心也是健康的，我喜欢，所以我求知。我在路上所看见的人、牲畜、东西都令人难以相信地使我感觉到生活的单纯和强大。

要让一个孩子理解社会这架机器，什么也比不上街道。早晨，他定会看见送牛奶的、送水的、送煤的；他得仔细看看卖食品杂货的、卖猪肉的、卖酒的店铺；他还会看见部队走过，打头的是军乐；他得闻见街道的气味，才能感觉到劳动的法则是神圣的，在这个世界上，人人都有自己的工作。一早一晚，从家到学校、从学校到家之间的奔走，使我以各种职业和从事各种职业的人始终怀有一种充满感情的兴趣。

不过，我应该承认，我对人的友情并不都是一样的。我最喜欢的是那些卖文具纸张的，他们在店铺的橱窗里摆出各种画片。有多少次，我鼻子顶住玻璃，从头至尾地阅读那些画成图画的小故事的说明啊！

时间不长，我就知道了许多：其中的幻想故事使我的想象力发动起来，使我身上的一种能力得到发展，没有这种能力就什么也发现不了，包括经验方面和精确科学的领域。有的则用一种淳朴动人方式表现生活，使我第一次看见最可怕的事情，或者说得更确切些，惟一可怕的事情，即命运。反正，画片教给我许多东西。

后来，十四五岁时，我不大在食品杂货店的陈列前停留了，不过蜜饯水果盒子似乎还长时间地令我青睐。我不喜欢卖缝纫用品的，不再去猜他们招牌上那个金光闪闪的神秘字母 Y 是什么意思了。我也不大停下来猜那些幼稚的画谜了，在那些放陈酒的带有各种小装饰的格子里，可以看见用锻铁制成的木瓜或彗星①。

我在精神上变得讲究起来，只对画摊、旧货铺和书摊感兴趣了。

啊，南寻街的杏蔷的老犹太人，河畔②的旧书商们，我的教师，我多么感谢你们！你们与大学里的教授不相上下，甚至胜过他们，是你们对我进行了智力的教育。你们是正直的人，你们在我惊喜的眼睛前展现了往昔生活的神秘形式和人类思想的各种珍贵的遗迹。我是在你们的小屋里四处搜寻，在观赏你们那些布满灰尘摆满我们祖先及其美妙思想的可怜纪念物的架子时，才不知不觉地受到了最健康的哲学的熏陶。

是的，朋友们，触摸着你们赖以为生的那些虫蛀的书籍、锈蚀的铁器和蛀痕斑斑的木器，我很小就深深地感觉到万物如流水和一切皆空。我猜测到，存在之物无非是变动于普遍的幻想中的一些形影，我从此倾向于忧伤、温情和怜悯。

你们看，这座风雨学校教给我高超的学问。家庭学校给我的好处更多。与家人一起吃饭，明净的凉瓶，雪白的桌布，安详的面孔，晚餐间亲切的谈话，这有多甜蜜，这使孩子们喜欢和理解家庭里的事情、生活中谦卑和健康的事情。如果他像我一样有运气，父母聪明善良，他在饭桌上听到的谈话会给他一种准确的感觉和爱的欲望。他每天吃的面包是被祝圣过的面包，他那精神之父曾在以马忤斯的小客栈里把它掰开，送给朝圣者，他心里像他们那样说："我的心岂不是火热的么③。"

寄宿生在食堂里吃饭，他们的饭就没有这种温情和功效。啊！家庭学校真是一座好学校。

然而，倘若人们以为我蔑视课堂上的学习，那就不会理解我的想法。我认为，要培养一个人，什么也比不上依照法国老式人文学者的方法而进行的两种古典的学习。人文教育这个词意味着高雅，用于古典文化很合适。

---

① 据说彗星出现的那年产的酒品质优良。
② 指塞纳河畔。
③ 《圣经》典故，事见《新约·路加福音》第二十四章，言耶稣在以马忤斯显现。

我刚才满怀喜悦地（大家若是意识到这种喜悦绝不是自私的，它是一个影子的，也许就会原谅我）跟你们谈到的那个小家伙，好像个麻雀一样蹦蹦跳跳穿过卢森堡公园的小家伙，是个不错的人文学者呢，我请你们相信。他在其童稚的心灵中品味着罗马的力量和古代诗歌的雄伟形象。他在走读生的正当的自由中逛书店，他在与父母共进晚餐时有所见所感，这并没有使他对学校里教授的美妙的语言无动于衷。远非如此，他差不多和那群在一位一本正经的老先生管束下的小学生们一样地喜欢雅典或西塞罗。

他很少为了荣誉而用功，几乎没有在光荣榜上出过风头；因为那些东西令他喜欢，如拉封丹所说的那样，他才花了很大的力气。他的翻译练习成绩很好，拉丁文论文甚至当得起视察员先生的夸奖，连使这夸奖减色的语法错误都没有。他不是对你们说过吗，12岁时，李维①的叙述让他慷慨地大流其泪？

不过，他是在接触到希腊的时候，才看到了美的壮丽的单纯。这是很晚的事了。最先是伊索寓言遮蔽了他的心灵。一位驼背的教师给他讲解，此人肉体上是驼背，精神上也是驼背。你们见过忒耳西忒斯②把年轻的伽拉忒斯③们带进缪斯的小树林吗？那个小家伙想象不出。人们以为他的驼背老师专攻伊索寓言，可以胜任愉快，其实不！那是个假驼背，一个驼背巨人，既无思想又无人情味，性喜作恶，是个最不公正的人。再说，这些顶着伊索之名的枯燥无味怀有恶意的小寓言在落到我们手上之前，已然经过一位拜占庭僧侣润色，他脑袋上剃秃的圆顶狭窄而贫瘠。那时我五年级，不知道这些寓言的来源，也不大想知道；不过我那时对它们的评价与现在完全一样。

伊索之后，老师让我们读荷马。我看见忒提斯像一朵白色的云从海上升起，我看见瑙西卡和她的女伴们，还有德洛斯岛的棕榈树，天空，大地和海洋，还有流泪的安德洛玛刻的微笑……我理解了，我感觉到了。我在《奥德修记》里呆了六个月，不出来。为此我多次受到惩罚。

---

① 古罗马历史家（前59—后17），著有《罗马史》。

② 《伊利亚特》中最丑恶心狠的人物。

③ 希腊神话里的海中神女。

可额外作业能奈我何？我和尤利西斯一起航行在"紫色的大海上"！后来，我发现了悲剧。我不大懂埃斯库罗斯，但是索福克勒斯和欧里庇得斯却为我打开了一个男女英雄的迷人的世界，告诉我不幸所蕴含的诗意。我读的每一部悲剧都带给我新的喜悦、新的眼泪、新的颤抖。

阿尔刻斯提斯和安提戈涅给了我一个孩子从未有过的最崇高的梦幻。我把头埋进辞典，伏在墨迹斑斑的书桌上，我看见了神的面孔，象牙般的胳膊垂在白色的披风上，听见了比最美的音乐还要美的说话声在和谐地哀叹。

这又给我招来新的惩罚。惩罚是公正的，因为我读的是与课堂无关的东西。唉！这习惯至今依然。在我余下的日子里的任何一个阶段，恐怕我还要受到中学教师对我进行的那种指责："彼埃尔·诺齐埃先生①，您在读与课堂无关的东西。"

尤其是冬天的晚上，出了校门，走在路上，我为那光、那歌所陶醉。我在路灯下、店铺的明亮的橱窗前读着那些诗句，然后一边走一边吟诵。冬天的晚上，在阴影已然笼罩的郊区狭窄的街道上，我一路都在进行这种活动。

我常常撞在糕点铺的小伙计的身上，他头上顶着柳条筐，像我一样在做梦；我也常常突然感到脸上扑来一匹可怜的正在拉车的马喷出的热气。现实丝毫败坏不了我的梦，因为我很爱郊区的那些老街，铺路的石头看见我一天天长大。一天晚上，我在一个卖栗子的人的灯笼下读安提戈涅的诗句，四分之一个世纪过去了，我一想起这些诗句：

哦坟墓！哦婚床！……

就不能不看见那个奥弗涅人往纸口袋里吹气，不能不感到我身边烤栗子的炉子冒出的热气。在我的记忆中，对这个正直的人的回忆与忒拜的处女的哀叹和谐地融为一体。

就这样，我记住了许多诗句。就这样，我获得了有用的宝贵的知

---

① 这是法朗士在文中为自己杜撰的名字。

识。就这样，我完成了我的人文教育。

我的方式对我来说是好的，对别人可能一钱不值。我很注意不向任何人推荐。

此外，我应该承认，我吃饱了荷马和索福克勒斯，就对修辞学没有了胃口。这是老师对我说的，我很愿意相信。一个人在十七岁上所具有或表现出的口味很少有好的。为了改善我的口味，修辞学老师建议我认真研读卡西米尔·德拉维涅①的全集。我对他的建议置若罔闻。索福克勒斯已经让我养成某种习惯，改不掉了。我那时觉得，现在仍然觉得修辞学老师并非一个口味精细的有学问的人；不过，他精神抑郁，性格直率，心灵高傲。如果说他教给我们某种文学上的异端，他至少以身作则地为我们展示出有教养的人是什么样子。

这种学问代价高昂。夏隆先生受到全体学生的尊敬。因为孩子们能以一种完全的公正衡量老师的道德上的价值。二十五年前我对不公正的驼背和对正直的夏隆的看法，今日依然如故。

然而，夜色降临在卢森堡公园的悬铃木上，我说的那个小幽灵消失在阴影中。永别了，我失去的那个小小的我；假如我不能在我儿子身上发现一个更美的你，我将永远地感到惋惜。

（鲁汶　译）

①　法国诗人（1793—1843），法兰西学士院院士，其风格很快即被认为是冰冷的、陈旧的。

塞纳河岸的早晨

〔法国〕 法朗士

在给景物披上无限温情的淡灰色的清晨，我喜欢从窗口眺望塞纳河和它的两岸。

我见过那不勒斯海湾的明净的蓝天，但我们巴黎的天空更加活跃、更加亲切、更加蕴蓄。它像人们的眼睛，懂得微笑、愤慨、悲伤和欢乐。此刻的阳光照耀着城内为生计忙碌的居民和牲畜。

对岸，圣尼古拉港的强者①忙着从船上卸下牛角，而站在跳板上的搬运工轻快地传递着糖块②，把货物装进船舱里。北岸，梧桐树下排列着出租马车和马匹，它们把头埋在饲料袋里，平静地咀嚼着燕麦；而车夫们站在酒店的柜台前喝酒，一面用眼角窥伺着可能出现的早起的顾客。

旧书商把他们的书箱安放在岸边的护墙上。这些善良的精神商人常年累月生活在露天里，任风儿吹拂他们的长衫。经过风雨、霜雪、烟雾和烈日的磨练，他们变得好像大教堂的古老雕像。他们都是我的朋友。每当我从他们的书箱前走过，都能发现一两本我需要的书，一两本我在别处找不到的书。

一阵风刮起了街心的尘土、有叶翼的梧桐籽和从马嘴里漏下的干草末。别人对这飞扬的尘土可能毫无感触，可是它使我忆起了我在童年时代凝视过的同样的情景，使我这个老巴黎人的灵魂为之激动。我面前是

---

① 指装卸工人。
② 压制成型的糖块。

何等宏伟的图景：状如顶针的凯旋门、光荣的塞纳河和河上的桥梁、蒂伊勒里宫的椴树、好像雕镂的珍品的文艺复兴时代的卢浮宫、最远处的夏约岗；右边新桥方向是令人肃然起敬的古老的巴黎，它的塔楼和高耸的尖屋顶。这一切就是我的生命，就是我自己。要是没有这些以我的思想的无数细微变化反映在我身上、激励我、赐我活力的东西，我也就不存在了。因此，我以无限的深情热爱巴黎。

然而，我厌倦了。我觉得生活在一座思想如此活跃、并且教会我思想和敦促我不断思想的城市里，人们是无法休息的。在这些不断撩拨我的好奇心、使它疲惫但又永远不能使它满足的书堆里，怎么能够不亢奋、激动呢？

（程依荣　译）

威廉·勃特勒·叶芝
（William Butler Yeats，1865—1939）

爱尔兰诗人、剧作家。生于都柏林。曾就读于艺术学校，后专意于诗歌创作。主要作品有《古堡》、《在学童之间》、《柯尔庄园的野天鹅》等诗篇。"由于他那些始终充满灵感的诗，它们通过高度的艺术形式展现了整个民族的精神"，获诺贝尔文学奖。

摇 篮 曲

〔英国〕叶芝

安琪儿们正俯下身子，
俯身在你的小摇床上，
他们已累了，再没有兴致
与哀呜呜的死者一起乱逛。

看着，看着你这样强壮，
上帝在天堂里笑个不停，
夜空中，北斗星正闪闪发亮，
因为他的情绪充满欢欣。

我吻着你，又频频叹息，
我必须承认，必须承认，
我会想你，因你不在身边想你——
当你长大了，长大成人。

（裘小龙　译）

披风船只和鞋子

〔英国〕叶芝

"你把什么做得这样美丽又明亮？"

"我做一件悲伤的披风，
噢，多么漂亮，在所有人的眼中，
将是那件悲伤的披风，
在所有人的眼中。"

"你用什么做帆去远航？"

"我制造一只驶往悲伤的船，
噢，疾驶在海洋上，黑夜又白天，
悲伤的漂泊者向前，
黑夜又白天。"
"你用这样白的羊毛织什么？"

"我织一双悲伤的鞋子，
在所有人的悲伤的耳朵里，
无声的是那轻轻的步履，
轻轻而又为人所不期。"

（裴小龙　译）

老母亲的歌

〔英国〕叶芝

拂晓，我起身跪在炉前吹呵吹，
吹得火苗跳动，吹得火星四飞；
然而我得擦，我得烘，我得扫，
直到星星开始眨眼睛，往下瞄。
而年轻人久久躺着，在做着梦，
梦着彩带怎样配她们的头和胸。
她们的日子过得可是悠闲无比，
风刮倒一棵树，她们就会叹息；
而我必须操劳，因为我已年老，
火种真是越来越冷，越来越少。

（裘小龙　译）

给一只松鼠

〔英国〕叶芝

来吧，来和我玩吧，
为什么你要奔跑，
奔过抖动的树梢，
仿佛我有一支枪，
会把你一枪打倒？
而我想做的，只是
搔搔你的小脑袋，
然后就让你走掉。

（裘小龙　译）

我书本去的地方

〔英国〕叶芝

我所学到的所有语言，
我所写出的所有语言，
必然要展翅，不倦地飞翔，
决不会在飞行中停一停，
一直飞到你悲伤的心所在的地方，
在夜色中向着你歌唱。
远方，河水正在流淌，
乌云密布，或是灿烂星光。

（裘小龙　译）

偷走的孩子

〔英国〕叶芝

乱石嶙峋中，史留斯树林高地的
一块地方，向着湖心倾斜低低，
那里一座小岛，岛上枝叶葱葱，
一只只展翅的苍鹭惊醒，
睡意沉沉的水耗子，
那里，我们藏起了自己。
幻想的大缸，里面装满浆果，
还有偷来的樱桃，红红地闪烁。
走吧，人间的孩子！
与一个精灵手拉着手，
走向荒野和河流，
这个世界哭声太多了，你不懂。
那里，明月的银波轻漾，
为灰暗的沙砾抹上了光芒，
在那最遥远的罗赛斯，
我们整夜踩着步子，
交织着古老的舞影，
交换着双手，交换着眼神，
最后月亮也消失。

我们前前后后地跳个不已，

追赶着一个个气泡，

而这个世界充满了烦恼，

甚至在睡眠中也是为此焦虑。

来吧，人间的孩子！

与一个精灵手拉着手，

走向荒野和河流，

这个世界哭声太多了，你不懂。

那里，蜿蜒的水流，

从葛兰卡的山岭上往下直冲，

流入芦苇间的小水坑，

连一颗星星也不能在其中游泳；

我们寻找熟睡的鳟鱼，

在它们的耳朵中低语，

给它们一场场不安静的梦。

在那朝着年轻的溪流中，

滴下它们的眼泪的蕨上，

轻轻把身子倾向前方，

走吧，人间的孩子！

与一个精灵手拉着手，

走向荒野和河流，

这个世界哭声太多了，你不懂。

那个眼睛严肃的孩子，

正和我们一起走去，

他再也听不到小牛犊，

在温暖的山坡上呜呜。

或炉火架上的水壶声声，

向他的胸中歌唱着和平，

或望着棕色的耗子，

围着燕麦片箱子跳个不已。

因为他来了，人间的孩子，

与一个精灵手拉着手，

走向荒野和河流，

这个世界哭声太多了，他不懂。

（裘小龙　译）

甜蜜的舞蹈者

〔英国〕叶芝

这女孩子不停地舞蹈，
在花园里那播满草籽、新近修过、
平滑而齐整的草坪上舞蹈。
从苦闷的青春中逃出，
或从她的乌云中逃出。
啊，舞蹈者，甜蜜的舞蹈者！

如果陌生人从房子里出来，
要把她带走，请不要讲，
因为她发了疯，她是多么幸福；
把他们轻轻带到一旁；
让她跳完她的舞，
让她跳完她的舞。
啊，舞蹈者，甜蜜的舞蹈者！

（裘小龙　译）

柯尔庄园的野天鹅①

〔英国〕叶芝

树林里一片秋天的美景，
林中的小径很干燥，
十月的黄昏笼罩的流水
把寂静的天空映照；
盈盈的流水间隔着石头，
五十九只天鹅浮游。

自从我最初为它们计数，
这是第十九个秋天，
我发现，计数还不曾结束，
猛一下飞上了天边，
大声地拍打着翅膀盘旋，
勾划出大而碎的圆圈。
我见过这群光辉的天鹅，
如今却叫我真痛心，
全变了，自从第一次在池边，
也是个黄昏的时分，

---

① 柯尔庄园位于爱尔兰西部，是叶芝的好友、剧作家奥古斯塔·葛拉高雷夫人的产业。叶芝于 1897 年初访该地，距写作本诗的 1916 年恰好十九年。在此期间，爱尔兰自治运动高涨，柯尔庄园即将收归国有。

我听见头上翅膀拍打声，
我那时脚步还轻盈。

还没有厌倦，一对对情侣，
友好地在冷水中行进，
或者向天空奋力地飞升，
它们的心灵还年轻，
也不管它们上哪儿浮行，
总有着激情和雄心。

它们在静寂的水上浮游，
何等的神秘和美丽！
有一天醒来，它们已飞去，
在哪个芦苇丛中筑居？
哪一个池边，哪一个湖滨，
取悦于人们的眼睛？

（袁可嘉　译）

1928 年诺贝尔文学奖获得者

西格里德·温塞特

（Sigrid Vndset, 1882—1949）

　　挪威女作家。生于丹麦凯隆堡，母亲是丹麦人。温塞特曾上过商业学校，从 16 岁起就在一家商行任职。主要作品有：《玛尔塔·埃乌里夫人》、《幸福的年纪》、以及三部曲《劳伦斯之女克里斯丁》。

　　"主要是由于她对中世纪北国生活之有力描绘"，获诺贝尔文学奖。

挪威的欢乐时光

〔挪威〕温塞特

挪威人把二月开始的那个古怪季节叫作"早春"。那时太阳连日从纤无点云、一碧如洗的高空照射下来；每天清晨，整个大地结上了一层闪闪耀眼的霜花。过不久，屋檐便滴滴答答化起水来了。太阳舐去了枝头的积雪，人们便可以看见白桦树梢头上开始变成亮晶晶的褐色，白杨树的树皮上也出现了一片预兆春天的浅绿。

道旁篱边，积雪还堆得高高的，田野里雪块照在太阳底下像是堆堆白银，滑雪板压成的小辙，错综交叉，显得格外清晰。成群的鸦鹊衔着细枝在天空飞翔，已经逐渐开始在修筑去年的旧巢了；他们的聒噪不时划破了冬日的宁静。

太阳一下山，气候便变得刺骨寒冷。白天的回光却还逗留着，像燃烧着的残焰，沿覆着黑丛林的山脊逶迤直达西南。一抹苍绿的光亮在地平线上迟迟不灭。早晨，屋檐上挂着长长的水柱，接近中午，闪闪的水滴便落下来了。白昼也一天比一天更长更亮了。

对孩子们和年轻人说来，这是一年里欢天喜地的日子。

孩子们从学校回家来，匆匆咽下了饭食——他们要到山里去练习滑雪。他们不挨到第一批星星在天空中闪烁，是不会回家的。吃过晚饭，他们就在长长的山路上滑雪，先从山上沿着有无数急转弯的路溜坡滑行，然后一下子穿过市镇。在这些道路上滑行是件险事，因为路上车辆络绎不绝——有轿车、公共汽车和载重卡车——特别是这些山路都要横穿大街，大街又是直达山谷的惟一要道。母亲们除了提出警告外，简直无能为力："真得小心一些才是！"孩子们哩，却直截了当地说用不着对他们提这个！没有人为了玩溜坡连命都不要的。

这批孩子究竟在什么时候和怎样温习功课和做习题简直难以想象。看来他们多少总还是做的，因为他们在学校里所得的分数，并不见得比上学期来得差。也许在滑雪的季节里，老师们特别宽大一些。冬季里，每个学校都有一次滑雪比赛，孩子们可以跟着他们的体育老师到森林里去作滑雪旅行，就算是上体育课。而且早上进学校之前把功课"掠过"一遍也是来得及的，因为用滑雪板或是瑞典式的"推踢雪橇"只花五分钟工夫就可以到达学校。

"推踢雪橇"是瑞典的发明，没有几年就在挪威大为风行。如果妈妈有事出门：安特斯说要把妈"推踢"到镇上去，这句话听来很不礼貌；再说蒂雅每天早晨在太阳下"推踢"杜拉好长一段路，听来也很奇怪。蒂雅没法逼着杜拉戴上太阳眼镜，因为杜拉一有机会便把这副眼镜扔在路边雪积里。

常常会发生一些意外事故。滑雪道和路面逐渐磨成坚实的冰块，如今摔一跤可真受不了。全乡好多人家都有孩子躺在床上，他们不是摔了跤用热水捂在膝盖上，便是头部受了轻微的震荡。奇怪的倒不太有人跌得过分厉害。在那些为各个滑雪俱乐部占用的山头上，那里才是真正进行训练的地方，当然，他们会把新鲜的雪运来垫上，也不会让跳台下面的雪地变得结实发硬，但是森林里的坡道却很可怕，许多这样的坡道是闩来高速滑行的。幸而每当这些坡道几乎不能再滑行时，往往就会涟下几天大雪使情况改变——所有的滑雪道又柔软得像天鹅绒般的了。

对成年人来说，这也是个愉快的时光。太阳一天天晒得厉害起来，窗台上的盆栽也有它们自己的春天。挪威人在漫长的冬日里，用出色的窗台盆栽来安慰自己。屋子里充满刚出芽的洋水仙和郁金香的清香。那些用不着开灯就可以吃晚饭的日子总教人兴高采烈——即使第二天碰上吃鱼，不得不开灯，大家还是快活的。

三月总是比二月冷得多，时常有阴黯多雾的天气，偶尔还有咆哮的大风雪，一下就是三四天。但是"三月不算太坏，把道路扫清一半"，这虽是句老话，却说得合乎情理。三月没有过完，道路靠南的一边，一条黑土带准定会显露出来。

每天，汉斯至少要晚一个钟点才回家吃晚餐，从头到脚都浸得湿淋淋的，还带一些马粪的味儿。他和同伴们永远经不住在车辙里挖运河的引诱，每到了中午，处处的车辙里都浸满了积水。他们在这些车辙里造水坝，随后就踩进水去试试深浅！

"眼前你可不许再到荷尔姆水塘去，汉斯，"妈严厉地说。汉斯站住了，他正拿起乐器盒子预备去上音乐课。"你听见吗？"

"噢，听见的，我再也不去那儿了，"汉斯哀愁地抬头盯着妈。"自从上次看见那个可怜的女孩子在那儿滑冰之后，我再也不去了。她扑通一声掉进了水里，可怜的家伙……"汉斯深深叹了口气，这口气好像是从他的灵魂深处发出来似的。

"什么？她怎么啦？"

"噢，我想她现在还沉在塘底里，"汉斯用冷冷的声音说，"她再也爬不上来了。噢，她大喊大叫，妈，我活着一天就忘不了。上次我到恩格尔太太家去，就是那一回看见的。"

"可是，什么，你居然没有想办法去——"妈又说下去，简直吓坏了。以后她又比较平静地继续说："为什么你不去救她？到底是怎么一回事啊？荷尔姆水塘任何地方都还没有你腰深。汉斯，汉斯，你真不该到处乱窜，讲这种故事！这是扯谎，汉斯！"

"是吗？"汉斯问，觉得奇怪。"我以为只有你问我做了什么淘气事，我胡扯一通才算说谎呢。"

"是啊，当然——那是最坏的谎话。可是你到处去讲那些你瞎编排的故事，让人信以为真，这也还是说谎。"

"是吗？"汉斯又问。"不过，妈，你告诉我们你和伦希尔德姑姑、西格妮姑姑小时候的事情，不是也说谎吗？"

"我绝对没有说过，汉斯。除了真有其事，我是不乱说的。"

"你们还是小姑娘的时候，真的坐了轮船到丹麦去，还进过哥本哈根的戏院吗？"汉斯又问，深深感到怀疑。

"当然是真的。你知道你外婆的父亲那时住在那儿，我们在假期里去探望他。外祖母的哥哥在哥本哈根，是他带我们到皇家戏院去的。"

"我从来没有坐过轮船。"汉斯看来有些不高兴地说，"我也只到过一次戏院——那次我们看到《勒格诺王和阿斯劳》。安特斯说这出戏实在没有意思。"

"要是复活节我们到奥斯陆去，如果那时演的戏对孩子们合适，你可以去看戏。"

"放心好了，决不会有的。"汉斯说，活像一个不存一丝幻想的人。"但是，妈，你写小说的时候，你不就在书里编排一些故事吗？那么，你就在说谎，不是吗？"

"至少我们是靠这些书维持生活的，"妈敷衍着，接着不得不笑了起来。"大家都知道书里的话并不是真的，不过是说事情该是那样的就是了。"

"那么我想我也可以学着写些好书，"汉斯轻松地说，"因为我可以想出许多故事来，我能吗，妈？"

"日后再看吧。现在快走——已经是五点零五分了。你不许到荷尔姆水塘那里去，不许去蹚水，听见吗？"

"但是，妈，刚才你自己还说那儿水不深，不会淹死人。"汉斯笑了，在妈还没有机会说什么之前，便冲出门外溜走了。

四月，山谷里积雪当真溶化了。菜园背面山坡上枯萎的草坪露了出来，那一小块光秃秃的土地一天比一天大。花园里去年圣诞节使用过的滑雪跳台，现在只剩下两堆脏雪。这里，那里，任何一处雪化了的地方，妈会找到手套、帽子和围巾——每次她到花园去散步看看雪绣球和水仙有没有出芽，都能拾到一些东西。

安特斯和她一块去散步，他喜欢花，也喜欢他家的花园，只要不差他干这干那。但是把小沟旁第一朵蓓蕾初放的鲜艳的款冬花，和小溪对岸赤杨林边第一批白头翁花带回来给妈的，总是安特斯。

山谷里遍响着流水的琤琮。溪沟里春水泛滥。夜里天气还是冰凉的——流过花园的那条小溪拂晓前就抑低了它的声音，溪边的薄冰刚结上就为流水冲碎，发出银铃似的叮当声。早上，放出去的狗立刻冲向小溪去喝那股带泥的流水，在湿漉漉的枯草上打滚，奔向花园尽头的那株大白桦树，向那些住在枝头的喜鹊吆喝——喜鹊也毫不示弱地还嘴叫着。但是在深山里，还留着一条完整的滑雪道，到复活节，就有一批新来的游客涌向山上的旅舍。每星期天早上，安特斯一大清早便不见影儿了——他上了山，在那些留有残雪的滑雪道上滑行。

有天早上三点钟。果园里的苹果树间充满了红翼画眉婉转而又嘹亮的歌声。天空泛出淡淡金色的曙光，亮得有如白昼。红翼画眉不过是路过这儿——一旦能在森林里觅得食物，它们便飞走了。在屋子附近过冬的山雀，靠圣诞节留下来的干草束过着悠闲的生活，现在也一对对飞出去闲游，啼——啼——嘟，啼——啼——嘟地唱着，鸟在屋里穿进穿出，寻找它们做窝的地方。有天，花园里化了雪的地方飞来了几百只鹦鸟，是到这儿来等候它们的配偶的——这一类的雌鸟总要比雄的晚一星期从南方飞来。妈和蒂雅把干谷撒给它们吃，还把猫关在屋里。但是要在春天把猫关在屋里，真是说来容易做来难。

农民都说栗色猫善于捕鼠不会捉鸟。对雪雪福说来真是再对不过的了。但是雪雪福装得仿佛世上再没有比猎鸟更引不起他的兴趣的事了。有一天他突然失踪，不再回来。孩子们认为他是出去求爱的。最后消息传来，说是伦特农场的雇工开枪打死了雪雪福。他看见这只猫正在谷仓后面大嚼伦特太太养的几只小鸡。那么，看来雪雪福倒是个伟大的猎人。只是他机灵得永远不在家边猎食。却到别处去作掠夺的远征。

"至少，它死得真像一只雄猫。"安特斯说。

但是汉斯却为雪雪福掉了眼泪，妈也觉得不安，生怕杜拉会因失掉心爱的猫伤心。

每天，在这个小镇里，可以越来越清晰地听得激流的怒吼。沿河一带笼罩着一条白绸似的烟雾，绕到大街的桥下，这阵烟雾便像细雨似的洒在行人的身上。

有天星期日中午，安特斯从山间滑雪回来，帽子里兜着蓝色的白头翁花和紫罗兰。

"那里，这些花多得数不过来，妈……为了滑雪，我们天天都在堆雪，但是看起来，今天很可能是今年最后一次滑雪了。"他叹息着。接着又兴奋地说，"妈，从今天起再过一个月就是五月十七的节日了。"

"你现在还不去做功课吗？"妈看他一吃完饭就预备再出去，便提醒他。

"没有工夫。我还得跑着去。今天委员会要开会。"

"委员会开会?"

"文娱委员会,当然罗——就是我参加的委员会。功课晚上我会找时间做的。"

猪尾巴可以打圈圈,这就是说猪大了;孩子可以在委员会里服务,这就是说孩子大了。据说汉斯和他的朋友们,奥尔·恩列克和马格尼也在这个委员会里,虽然看来他们除了自己并不代表任何人,主要的工作是计算他们的储金——这笔钱已经一星期比一星期少了下来,可是他们有个大计划,准备在十七那天大大改善一下财政情况。

"你知道,到五月十七你可以有半个克朗的零用钱。汉斯,"妈提醒地说,"这笔钱足够你到马伊伦去玩一次。"

"奥尔·恩列克可以拿到一个克朗……是他奶奶给的。"汉斯低声低气地说,一脸的痛苦。

"奥尔·恩列克真运气。"

"你想十七那天,奶奶会来吗?"

"我一点儿消息也没有。"

汉斯对奶奶不来过节显得伤心透了。

最后,有天晚上雨来了,一连下了三天毛毛雨,静悄悄地一直下个不停。

"妈,"汉斯洋洋得意地说,"我想这真像大家说的一样,现在我能够听见了——听见草在生长。"

啊,这轻柔美妙的雨声!春雨带来了泥土的气息,大地冒出了一大片嫩绿的叶子……

"是啊,真格的。如今我们能够听见草在生长了。"

到第四天,太阳出来了,傍晚前,白桦树上全布满了像鼠耳样茸茸的金色蓓蕾。再隔一天早上,这些蓓蕾便变成小小的叶子,那些树耸立在那儿——一片新绿。汉斯跟妈出去摘些白桦的嫩叶和银色的白头翁花,来装饰星期天的餐桌。

"妈,把去年你讲给我听的故事再说一遍吧,就是那个说裤子改成大衣的故事。"

"天啊，难道我讲过这个故事吗？那是在西格尼姑姑小时念的一本书里的。"

这个故事是一位父亲讲给他两个女儿克尔丝汀和爱尔茜听的，解释五月十七这一天的意义。为了举例说明，他向爱尔茜提到她那件用旧裤子改缝的大衣。爱尔茜一点也不喜欢这件大衣，穿来总不合身；虽然妈妈已经在那块原来另作别用的材料上花尽了心力。街上的孩子一看她穿，便嚷着"裤子改的大衣，裤子改的大衣。"到哪一天爱尔茜有了一件专门给她新缝的春大衣，那真是她一生最快乐的日子了。

跟丹麦合并，对挪威说正如穿了件裤子改缝的大衣。几百年来这两个国家就合并在一起，人们简直已经记不清最初怎样会发生这件事情的。玛格丽达皇后是挪威皇族最后一代奥拉夫·哈贡森的母亲，又是丹麦皇帝的女儿。等她父亲去世，玛格丽达让她儿子当选为丹麦国王。同时，奥拉夫又继承了他父亲的挪威皇位。但是奥拉夫死得很早，因此玛格丽达皇后给丹麦和挪威人选了她甥女的儿子，一位德国小王子来当挪威皇帝和丹麦皇帝。这之后，又来了其他的德国王子，他们只是些丹麦公主嫁给德国人所生的子子孙孙，和斯堪的纳维亚简直毫无渊源。这些外国皇帝，采取了一定的策略，把挪威和丹麦合并成一个王国。不久，挪威便变成这个联合王国的继子了。挪威的土地比丹麦贫瘠，又辽阔又难统治——挪威人是以倔强固执出名的——那些官吏和教士被派到挪威去好像是遭了放逐一样。终于，那位统治"孪生王国"的末代皇帝和瑞典一战败北之后，被迫把挪威割让给瑞典。

但是挪威人不愿割让给任何人。他们记起自古以来的权利，挪威不是丹麦的一部分而是一个独立的王国。丹麦人选择了奥拉夫做他们的皇上。也就是他们自己和挪威合并的。他们知道挪威国内的每一个人一向都比丹麦和瑞典人民有更多的自由。在丹麦和瑞典，农民是有权势的地主和贵族的属民，而挪威农民却从来没有做过农奴。即使他们是土地承租人和佃农，他们只需给土地所有人纳租，用不着给他们当差。土地所有人也不能命令他们当兵。挪威的军队是人民的军队，在丹麦挪威联合舰队里，挪威人总是最优秀的水兵。挪威人不需要穿瑞典裤子改缝的大衣。他们知道这件大衣永远不会合他们的身材。

从挪威各地来的代表们聚集在爱兹伏特讨论他们如何拯救挪威的独立。当瑞典和欧洲列强的军队用封锁和威胁来迫使挪威就范的时候，挪威的父老们却坐在爱兹伏特起草了一个宣言，申述我们对权利和正义，挪威人民的尊严和荣誉的意见。1814 年 5 月 17 日，挪威宪法产生了，在爱兹伏特的人立誓要保卫在符合我们要求而"缝制"的法律下生活的权利。这就是我们新制的春大衣……

（冯亦代　译）

1929 年诺贝尔文学奖获得者

托马斯·曼
(Thomas Mann，1875—1955)

德国作家。生于德国吕贝克市。中学毕业就练习写作。主要作品有:《堕落》、《山魔》、《马里奥与魔术师》，以及《布登勃洛克一家》。

"主要是由于他的伟大小说《布登勃洛克一家》，使它成为当代文学经典作品的地位一年比一年巩固"，获得诺贝尔文学奖。

神　童

〔德国〕托马斯·曼

神童进来了，大厅里静下来。

大厅里静下来后，人们鼓起掌来，因为在靠边的什么地方一位生来有权势的先生，一位公众的领袖带头鼓起了掌。他们虽然什么也没有听到，但是他们却热烈地鼓掌；因为一个强大的广告机构已经为神童预先做了宣传，知道他也好，不知道他也好，大家都被迷住了。

神童从一座富丽堂皇的屏风后面走出来，这座屏风全部绣着灿烂的花环和巨大的奇异的花朵。他敏捷地沿着阶梯登上舞台，沉浸在喝彩声中，好像在沐浴的时候，有一阵寒意袭来，感到有些颤栗，但另一方面，他觉得周围的气氛非常亲切友好。他站在舞台的边上，微笑着，好像有人要为他照相似的；他虽然是个男孩，但是他却像少女那样向大家招手致谢，显得腼腆可爱。

他全身都穿着白绸的衣服，这事在大厅里引起一阵骚动。他上身穿一件剪裁得非常美妙的白绸短上衣，中间束着一根腰带，甚至连他的鞋也是白绸做的。但是，同白绸裤子形成明显对照的是两条赤裸着的小腿，它们完全是棕色的；因为他是一个希腊男孩子。

他名叫比比·萨采拉费拉卡斯，这就是他的姓名。"比比"这个词是那个名字的简写或昵称，除了音乐会经理外，别的人谁也不知道，这位经理把这个看作是营业上的秘密。比比一头黑发，梳得光光的，微带棕色的突出前额上扎一条绸带，头发向两边分开，一直垂到双肩。他长得像世界上一切孩子一样善良的面容，小鼻子是那样的稚嫩，小嘴巴是那样的天真；只是他的乌黑的小眼睛下面的肌肉已经有些疲乏，并且有两道特别的线条清晰地勾划出来。他看起来好像九岁，实际上只有八岁，却被说成七岁。人们自己也不知道，他们到底是否相信他真的这样小。也许他们知道得很清楚，却仍然相信他只有七岁，有些时候，他们常常这样做。他们想，说一点儿谎是一种美事。他们想，如果人们没有一点善良的愿望，对一些事情马虎一点的话，那末日常生活中哪里还会有虔敬的心情和赞扬呢？他们的头脑想得完全对！

神童向大家致谢，一直到欢迎的掌声停息下来为止；然后他走向钢琴，人们向节目单最后看了一眼。第一个曲子是《庄严进行曲》，接着是《梦幻曲》，然后是《猫头鹰与麻雀》，——所有这些都是由比比·萨采拉费拉卡斯演奏。节目单上全是他的节目，这些都是他创作的乐曲。他虽然还不能写出来，但是所有这些曲子都装在他那异常聪慧的头脑里；正如音乐会经理亲自撰写的广告上认真地、客观地所说明的那样，这些曲子具有高度的艺术价值，必须给以足够的评价。看来，音乐会经理是经过艰苦的思想斗争才克服他那批评的本性承认这一点的。

神童坐在转椅上，努力把小腿伸到钢琴的踏板上，这两块踏板靠着巧妙的装置安装得比一般的钢琴高出许多，这样比比才能够得着。这是他自己的钢琴，到什么地方都把它带着走。这台钢琴放在木头支架上，由于经常搬来搬去，它的光泽已经磨损得相当厉害；但是这一切只能使这件东西更加有趣。

比比把他的穿着白绸鞋的双脚放到踏板上，然后露出一丝伶俐的表情，眼睛向前看着，举起右手。这是一只棕色的天真的小手，但是手关节是强壮的，不像是孩子的样子，完全可以看出训练有素的指节骨来。

比比露出伶俐的表情是为了取悦于听众，因为他知道他必须表演，让他们娱乐，让他们高兴。但是他在演奏时也自有一种特别的乐趣，一种不能言传的乐趣。每当他坐到打开的钢琴旁时，他就感到有一种不可言状的幸福，他如醉如狂，不能自己，——他永远不会丧失这种感情。钢琴的键盘七个黑白相间的八度音，又一次呈现在他的面前，他在这个键盘上奏出的曲子时而激越昂扬，时而悲壮深沉，他自己的感情常常沉浸在乐曲中，随着乐曲的变化而波动。而这键盘却始终像一块尚未涂抹过的画板那样洁净无瑕。使他如此陶醉的是音乐，是整个摆在他面前的音乐！这音乐像迷人的大海在他的面前展开，他能够跳进大海，非常快乐地游泳，舒舒坦坦，自由自在，随着海浪飘流，在暴风雨中被大浪吞没，然而他却始终能控制大海，驾驭大海，指挥大海……他举起右手停在空中。

听众们屏声息气，大厅里寂静无声。大家都紧张地期待着他弹出第一个音……怎样开始呢？是这样开始的。比比用食指在钢琴上弹出第一个音响，在中音阶弹出一个意想不到的强有力的音响，就像吹奏的喇叭声一样。其余的手指跟着弹起来，乐曲就开始了，——人们听得四肢都溶解了。

这是一间华丽的大厅，是在一家第一流的新式旅馆中，墙上画着玫瑰红色的、肉色的彩画，厅里有许多柱子，挂着镶花边的镜子，天花板上、墙上、柱上各种灯不计其数，有伞形花序的，有束形的，放射出明亮的、金色的光线，把大厅照得如同白昼……所有的椅子全坐满了人，甚至在两边过道和后面也都站满了人。前排座位十二个马克一张票（因为音乐会经理醉心高价原则），坐着一排一排上流社会的先生和太太；上流社会对神童非常感兴趣。那里面可以看到许多穿着军服的人，许多穿着各色高级服装的人……甚至还有一些孩子，他们有着很好的教养，两条小腿从椅子上垂下来，眼睛里闪烁着光芒，注视着他们那穿着绸衣服的天才小伙伴……

前排左边坐着神童的母亲，一个极其肥胖的夫人。她的双下巴搽满脂粉，头上插着一根羽毛，在她的旁边坐着音乐会经理，一个东方型的先生，他的非常突出的衬衫袖口上装饰着巨大的金钮扣。前排正中间坐着公主。她是一个瘦小的、布满皱纹的、已经有些皱缩的老公主，她鼓励资助感情细腻的艺术的发展。她坐在一张铺着厚厚的天鹅绒的靠椅上，脚下铺着波斯毯子。当她注视着神童演奏的时候，她把双手紧紧地交叠在有灰色条纹的绸衣的胸前，头侧向一边，显示出一种高雅安宁的神态。在她的旁边坐着女侍官，她穿着绿色条纹的绸衣。正因为她是穿绿色条纹绸衣的一位女侍官，所以她只能笔挺地坐着，不能靠到椅背上。

比比在极其紧凑的音乐之后结束了这一乐曲。这个孩子使出了多大的力气弹奏这台钢琴啊！人们简直不相信自己的耳朵了。庄严进行曲的乐声在完全和谐的结构中，突然再一次迸发出有生气的、热情的旋律，音域宽阔和夸张，比比在弹奏每一个节拍时上身向后仰着，就像胜利地行进在庆祝游行的队伍中一样。然后他有力地结束了演奏，弯着身子向旁边移动，从椅子的一边下来，微笑地期待着听众的鼓掌喝彩。

喝彩声突然响起来了，大家一致地、感动地、热烈地鼓着掌；看哟，当这孩子像女人一般地致谢时，他的腰身多么柔软可爱！鼓掌，鼓掌！等一会儿，现在我要摘下手套。好啊！小萨柯费拉克斯，或者你的真名姓萨采拉费拉卡斯！——但是这真是一个机灵鬼！

比比从屏风后面出来谢幕三次，人们才平静下来。一些最后来到的人，一些迟到者从后面往前挤，费力地在挤满了人的大厅里找个合适的地方。然后音乐会又继续进行。

比比轻轻地演奏了由一系列琶音组成的《梦幻曲》，在这些琶音上鼓动着微弱的翅膀升起一段小小的曲调；接着他又演奏了《猫头鹰与麻雀》。这一首曲子取得了极大的成功，产生了激动人心的效果。这是一首真正的儿童乐曲，异常明白易懂。在低音中人们看见猫头鹰栖息在那里，带着迷糊的眼睛愤怒地轻轻地拍击，同时在高音中人们看见麻雀轻佻地、胆怯地嗖嗖飞过，想要嘲弄那只猫头鹰。这一首曲子演奏完后比比出来谢幕四次。一个旅馆侍者穿着钮扣闪闪发光的衣服，把三个巨大的月桂花环送到舞台上，从侧面把花环递到比比面前，比比向大家致意，表示感谢。甚至那位公主也鼓掌赞许，她非常温柔地轻轻拍起她那薄薄的手掌，但是没有发出一点声音……

这个精明干练的小家伙多么了解怎样去招引这些掌声啊！他在屏风后面迟迟不出来，他在那通向舞台的阶梯上停了一会，天真幼稚地看着花环上那五彩缤纷的缎带，有些快乐，虽然这些东西早就已经使他感到厌烦了；他可爱地、犹豫地向大家致意，让人们有足够的时间，尽情喝彩鼓掌。他想《猫头鹰》是我的拿手好戏，这个词他是从音乐会经理那儿学来的。然后要演奏一首幻想曲，这首曲子还要好得多，特别是那些升 C 音章节。但是你们都痴爱这首《猫头鹰》，你们这些听众。虽然这首曲子是我创作演奏的第一首也是最糟的曲子。他仍然亲切地向大家致谢。

接着他演奏了一首沉思曲和一首练习曲；——说真的，节目相当丰富。那沉思曲演奏得同《梦幻曲》非常相像，对于它也是无可指摘的；比比在弹奏练习曲时显示了熟练的技巧，顺便说一下，他的熟练技巧比起他的天才来还是略逊一筹。然后就演奏幻想曲了。这是他最心爱的乐曲。他演奏这首曲子，每一次都有些不同，他很自由地弹着，有时晚会非常成功，他灵感一来，会演奏出许多新的东西，连他自己都感到惊讶。

他坐着，演奏着，在巨大的、黑色的钢琴面前他是那样瘦小，而且发出白色的闪光；他一个人被挑选出来坐在舞台上，舞台下黑糊糊一片，坐着数不清的人群，这众多的听众仅仅只有一个抑郁而滞重的灵魂，现在他要以他一个人的、出众的灵魂去影响这个灵魂……他那柔软的、黑色的头发一同白绸带子一起垂到前额，他那节骨强壮的、训练有素的手腕在演奏着，人们看见他那棕色的、孩子般的面颊在颤动。

有时在忘却一切和孤寂的瞬间，他那奇异的、黯淡无神的小眼睛向旁边扫去，从听众那里渐渐移到他旁边的画着彩画的墙壁上，他的眼睛似乎穿过墙壁，凝望着那描绘着众多事件的、充满模糊生活的远方。然后他的眼角一动，把目光从墙上移回大厅，他又在人们的面前了。

"哀诉和欢呼，飞升和沉沦，……我的幻想曲！"比比非常亲切地想着，"听啊，现在的节拍是升 C 大调！"他让这个延长下去，演奏升 C 音。他们是否注意到这点啊？噢，不会，决不可能，他们是不会注意到这点的！所以他至少要做一个好看的翻眼，抬眼望着天花板，以引起他们的注意。

人们一长排一长排的坐着，目不转睛地看着神童。在他们的头脑里也有着各种各样的想法。一位长着白胡子的老先生，食指上带一只印章戒指，他的秃头上生着一个球状的肉瘤，一个赘疣。他心里想道："还没有把《从普法尔茨选帝侯领地来的三个猎人》演奏好，就成了白发苍苍的老人，坐在这里看这个小家伙演奏这么奇妙的乐曲，说实在的，真该感到羞愧。不过，这是天意。上帝分配他的礼物，谁也没有法子，再说，做一个普通的人，也不是什么可耻的事。这有点像襁褓中的耶稣一样，在一个小孩面前鞠躬跪拜，不必羞耻。这使人多么的舒服啊！"——他不敢想：这是多么甜蜜可爱啊！——"甜蜜可爱"这个词对于一个健壮的老先生来说是有失体面的。但是他是感到甜蜜！他到底还是感觉到了！

"艺术……"那长着鹦鹉鼻子的商人想道。"是的，自然啰，艺术给生活带来一点闪光，带来悦耳的声音和白色的绸子。而且收入也不错。你看五十个座位，每个座位十二马克，单单这些就已经是六百马克，——此外，还有次等座位。扣除大厅的租金、电灯费和印节目单的费用，至少可净赚一千马克。这些都进了他们的腰包了。"

"对了，他刚才演奏的是肖邦的曲子！"钢琴女教师想道。她是个尖鼻子女人，到了她这个年纪，她已不想入非非，也不抱奢望了，但她的理解力却越来越敏锐。"人们可以说，他不是没有一点小错误的。以后我要说：他是有一点错误的。但是听起来确实很好。此外，他的指法是完全没有受过指教的。手背上应该能放一枚塔勒①……我要用尺子去量量。"

一个年轻的姑娘，看起来非常苍白，正是对什么都好奇的年龄，在这样的年龄人们很容易产生一些美妙的想法，她暗自想道："这是什么！他在那里演奏的是什么啊！他演奏的是热情！难道真是个孩子?! 如果他来和我接吻，这就像我的小弟弟来吻我一样，——那不是接吻。难道有一种完全独立存在的热情，一种自在之物的热情，不是寄托在尘世俗物的热情，纯粹是热情的孩子的曲子？……好啊，如果我把这些话大声地说出来，人们就要给我吃泻药，世界就是这样。"

有一位军官靠着一根柱子站着。他看着演出成功的比比想道："你有出息，我也有出息，各自方式不同罢了！"他把脚后跟碰在一起，做了一个立正的姿势，他向神童表示尊敬，一切有权势的人他

---

① 塔勒，德国旧时的一种银币名。

都尊敬。

那位批评家年近花甲，穿着发光的黑色上衣和向上翻卷的溅污了的裤子，他坐在他的免票席上想道："你们看他，看这个比比，看这个顽童！作为人他还是个小孩，还要成长，但是作为一个典型，作为艺术家的典型，他是完全成熟了。他集艺术家的尊贵、无耻、欺骗、藐视、自我陶醉、神圣的灵感于一身。但是，我不能把这些话写下来；他太好了。啊，如果我不把这一切看得这样透彻的话，请你们相信，我早就成为一个艺术家了……"

这时神童演奏完毕，大厅里响起了一阵暴风雨般的掌声。他不得不一次又一次地从屏风后面出来谢幕。那衣服上有着闪闪发光的钮扣的侍者又拿来了新的花环，这次是四个月桂花环、一个紫罗兰花环和一束玫瑰花。他没有三头六臂，不能把所有的馈赠都交给神童，因此音乐会经理亲自走上舞台去帮助他。经理取了一个月桂花环挂到比比颈项上，他还很亲切地抚摩了一下神童的黑发。突然间，好像被征服了的一样，他弯下腰来，给了神童一个亲吻，一个响亮的亲吻，正好亲在他的嘴上。这时，那掌声变成一场十二级风暴。这个亲吻如电流一样传遍整个大厅，人们像触电那样极度兴奋，大家禁不住狂呼起来。高声的欢呼混合到狂暴的鼓掌声中。有几个和比比一般大的小朋友在下面挥动他们的手帕……但是那位批评家想道："自然啰，这音乐会经理肯定要亲吻的。真是老一套滑稽戏，招徕听众罢了。哎，上帝啊，他们不能把这一切都看透，有什么办法！"

于是神童的音乐会结束了。从七点半开始到八点半完毕。舞台上放满了花环，钢琴的灯座上放着两个小花盆。比比的演奏的最后一个节目是《希腊狂想曲》，结束时转入希腊的赞歌，他的那些参加音乐会的同胞都非常高兴，如果这不是一个高雅的音乐会的话，他们真要一块儿唱起来。作为补偿，他们在结束时拼命地鼓噪起来，这是一场充满热情的喧闹，显示了他们强烈的民族意识。但是那位年老的批评家却想道："自然啰，他肯定要演奏这首赞歌的。他弹着弹着就弹起别的曲子来，什么鼓动的手段都不放过。我要写篇文章，说这不是艺术。但是也许这却正是艺术。艺术家到底是什么？一个滑稽的角色吧。批评才是最高级的。但是我可不能把这些写下来。"他穿着溅污了的裤子离开了。

第九次或者第十次出来谢幕之后，那激动的神童不再回到屏风后面去了，他走下舞台来到听众席，走到他妈妈和音乐会经理的身边。人们在凌乱的椅子中间站着，鼓着掌，许多人挤到前面去看比比。有一些人也想去看一下公主：于是在舞台前围着神童和围着公主形成了两个密密的圈子，人们还真不知道，他们两人中是谁把大家吸引过来围成圈子的。但是女侍官根据公主的命令走向比比，她拉拉他，弄平他的绸上衣，为了使他能够觐见；她挽着他的手臂来到公主面前，并认真地指点他，叫他去吻公主殿下的手。"孩子，你是怎样演奏得这样好的？"公主问道："你坐下去的时候，乐曲就自然地来到你的手边？"——"是的，夫人。"比比回答道。但是他心里却想道："啊，你这个愚蠢的老公主……！"于是他腼腆地、礼貌不周地转过身去，又回到他的亲属身边。

外面衣帽间密密地挤满了人。有人高高地举起他的取衣物的号牌，有人张开手臂从柜台上面接过皮大衣、围巾和胶鞋。那钢琴女教师站在某个地方的熟人中间，正在批评"他有点小错误"，她大声地说着，同时向四下看了一眼……

在一面巨大的壁镜前面有一位年轻的高贵太太让她的兄弟、两位少尉替她穿大衣和皮靴。她美丽极了，蓝湛湛的眼睛水汪汪的，纯种的脸庞非常清秀，是一位真正的贵族小姐。她穿好衣服，等着她的兄弟。"不要在镜子面前站得那样久，阿道尔夫！"她轻轻地说道。她对其中的一位有些生气，因为他望着镜子中他的美丽的朴实的脸好像不愿分离。现在好了！阿道尔夫少尉在得到她的惠允以后，可以在镜子前面去扣他的双排扣大衣的钮扣！——然后他们就走出去了，外面街上弧光灯在雪雾中昏暗地闪耀着，阿道尔夫少尉一边走一边开始摆动着身体，他把大衣领子翻了上来，两手插在大衣的斜口袋里，在那冻得很坚硬的雪地上，跳了一小段黑人舞蹈，因为天气太冷了。

"一个小孩！"那位头发蓬乱的姑娘想道，她由一位忧郁的少年陪伴跟在他们的后面走着。"一个可爱的孩子！那里面有一个值得敬佩的……"她大声地、单调无味地说道:"我们大家都是神童,我们都是创造者。"

"怎么!"那位没有把《从普法尔茨选帝侯领地来的三个猎人》这首曲子演奏好的老先生想道,他的肉瘤现在是被大礼帽遮盖住了,"这到底是怎么回事呢!照我看来,这不过是一种神喻①而已。"

但是那位忧郁的少年了解那位姑娘说的话,他慢慢地点点头。

然后他们就沉默了,那位头发蓬乱的姑娘目送着三位高贵的姐弟离去。她鄙视他们,但还是目送着他们离去,一直到街道转弯处消失为止。

(孙坤荣 译)

---

① 神喻,原文 Pythia,译音为"彼提阿",古希腊女教士的名字,以预言著称。